KB107234

생명의 차창에서

いのちの車窓から

생명의 차창에서

호시노 겐

전경아 옮김

민음사

일러두기
———

1 이 책은 《다 빈치》 2014년 12월호부터 2017년 2월호에까지
   연재된 글을 바탕으로 구성했다. 「문장」과 「시바견」은 새로 쓴 글이다.

2 본문의 각주는 전부 옮긴이 주다.

3 본문에 수록된 가사의 저작권은 아래와 같다.
   —「번뜩임(ひらめき)」(37쪽): USED BY PERMISSION OF JASRAC LICENSE
     NO. 1903506-901
   —「괴물(化物)」(68~69쪽): © 2013 by KAKUBARHYTHM
   —「SUN」(81쪽): KOMCA 승인필
   —「사랑(恋)」(224쪽): KOMCA 승인필

차 례

생명의 차창에서

일하는 시간 외에는 안경을 쓴다. 그래서 대개의 일상을 거의 렌즈 너머로 본다.

0.03의 근시. 약 십 년 전에 시력 검사를 받고부터 해마다 시력이 나빠지는데도 다시 검사를 받지 않은 까닭은 지금보다 도수를 올리면 심한 시력 교정 탓에 멀미가 나서 속이 울렁거리기 때문이다. 그런 까닭에 아직도 부옇게 보이는 가벼운 렌즈를 끼고 다닌다.

그래서일까. 대체로 무슨 일을 겪더라도 왠지 내가 창문 안쪽에 있는 듯한 기분이다. 안쪽에서 바깥쪽을 지켜보는, 그저 보고 있다는 감각. 「퍼시픽 림(Pacific Rim)」

(2013)[1]에 나오는 로봇처럼 머리 꼭대기의 조종석에 또 다른 내가 앉아서 자신을 조종하는 느낌. 누군가가 멋대로 조작해 대는 내 손발과 가랑이 사이를 보는 기분.

2013년 여름에 개두술을 받은 뒤로 그런 기분이 더욱 강해졌다.

왼쪽 관자놀이에서 머리카락이 나는 이마 위 삼 센티미터 지점을 가로지르며 오른쪽 관자놀이까지, 카츄샤[2] 머리띠를 씌운 듯 칼자국이 선명하게 나 있다.

연예계에 복귀하더라도 배우와 음악가로서 일하는 데 지장이 없도록 의사 선생님이 일부러 남들 눈에 띄는 이마가 아니라 머리카락으로 가릴 수 있는 두피 부분을 절개해 주었다. 지금 거기에는 머리카락이 자라지 않는 오 밀리미터 폭 정도의 상처가 남아 있다. 만약에 스포츠머리나 극단적으로 짧은 머리를 해야 하는 경우가 생긴다

---

1   기예르모 델 토로(Guillermo del Toro) 감독이 연출한 미국의 SF 영화다.
2   머리띠의 일종. 양쪽 귀 뒤로 여민다. 와이어나 플라스틱 등 유연한 소재로 만들며, 조화를 장식하기도 한다. 러시아 대문호 톨스토이의 소설 『부활』의 주인공 이름에서 유래했다고 한다.

면 거기만 텅 비어서 꽤 재미있는 헤어스타일이 될 것이다. 아예 스크래치를 몇 개 넣고 "에그자일[3]의 아쓰시[4]입니다."라고 농담하는 수밖에 없다.

듣자 하니 실제 수술에서는 그 카츄샤 라인을 절개하고 이마 피부 아래쪽을, 마치 미용팩을 휙 떼어 내는 것처럼 두개골을 열어야 한다. 그다음 빙어 낚시를 하려고 얼음 위에 구멍을 내듯이 이마 뼈를 둥글게 절개해서 빼내고 그 안에 메스를 집어넣어 뇌동맥에 클립을 끼웠다고 한다. 도려낸 구멍은 이제 막혔지만 지금도 이마에 손을 대면 직경 칠 센티미터 크기의 불룩하게 튀어나온 둥근 상처가 만져진다.

형언할 수 없이 거대한 로봇이 된 느낌. 이 둥그런 부분이 윙 소리를 내며 열리는 조종석이라고 생각하면 조그만 내가 '나'라는 로봇을 조종하는 기분이 들어서 무척 재미있다. 어른이라서 이런 공상만 하는 건 아니지만 냉정하게 생각해 봐도 몸이라는 탈것에 '호시노 겐'이라

3   EXILE. 일본의 남성 댄스 그룹이다.
4   ATSUSHI. 에그자일의 메인 보컬이다.

는 정신이 올라타서 조종을 하고 있다는 느낌을 지울 수 없다. 이 기적 같으면서도 적절한 감각이 수술을 하고 난 뒤에 더욱 분명하고 생생하게 생겨났다.

복귀 후 처음으로 출연한 무대가 이제 곧 마지막 공연을 앞두고 있다.

오토나케이카쿠[5]와 게키단☆신칸센[6]이 처음으로 손잡고 '오토나노신칸센(大人の新感線, 어른의 신감선)'이라는 이름으로 내놓은 합동 공연 「라스트 플라워스(ラストフラワーズ)」 말이다. 상연 시간이 무려 세 시간 반에 육박하는 무대로, 연습 시간과 도쿄·오사카 공연을 합쳐 약 삼 개월 동안 총 예순세 차례나 무대에 오르는 질풍노도의 스케줄이었다.

"이렇게 장기간 공연을 올리면서도, 마지막 공연이 될 때까지 질리기는커녕 더 재미있게 해내고 싶어지는 무대는 좀처럼 만나기 힘들어, 겐."

---

5 大人計画. '어른 계획'이라는 의미로, 일본의 극단이자 연예인 사무소.
6 劇団☆新感線. '극단☆신감선'이라는 뜻으로, 1980년 11월, 오사카 예술 대학 무대 예술학과 4학년 학생들이 창단한 일본의 극단이다.

하고 주연인 후루타 아라타[7] 씨가 말했다. 약 삼십 년이라는 긴긴 세월 동안 무대를 경험해 왔지만 이렇게까지 즐겁게 연기할 수 있었던 작품은 그리 많지 않았던 모양이다.

나는 후루타 씨가 좋다. 그렇게 무서운 얼굴을 하고선 베티 붑[8] 가방을 들고 다닌다. 귀엽네요, 하고 손으로 가리키면 후루타 씨는 "베티 짱이 너무 좋아." 하고 싱글벙글 웃는다. 주간지에 노상에서 키스하는 사진이 대문짝만하게 실려도 "길바닥에서 뽀뽀 정도는 다 하지 않아!?" 하고 격노하면서 그만둘 기색 따윈 전혀 없다.

실제로 둘이서 스가모(巢鴨)의 술집에서 1차를 하고 산겐자야(三軒茶屋)의 꼬치구이집으로 2차를 하러 전철을 타고 이동한 적이 있었다. 그때 후루타 씨를 알아본 행인들이 "악수해 주세요.", "응원합니다." 하고 성원을 보내자 "오!" 하고 반응하면서 남녀를 불문하고 포옹과

---

7   古田新太. 게키단 신칸센의 대표 연기파 배우다.
8   Betty Boop. 빨간 입술을 하고 관능적인 드레스를 차려입은, 세계적으로 유명한 애니메이션 캐릭터다.

뽀뽀로 화답했다. 그 한결같은 자세에 감복할 수밖에.

후루타 씨는 흥이 오르면 성별에 관계없이 평등하게 뽀뽀를 건넨다. 여자를 더 좋아하는 것 같지만, 어쨌건 후루타 씨를 곁에서 보고 있노라면 사람을 아끼는 게 느껴진다. 그래서 노상에서 뽀뽀를 해도 조금도 어색하게 느껴지지 않는다. 새삼스레 특종이라며 기사를 낼 만한 까닭이 없다.

후루타 씨뿐 아니라 배우 중에는 의외로 수줍음을 타는 성격이 많아서 같이 술을 마시러 가면 그때까지 예상하지 못했던 본심을 들을 때가 많다. 나도 내향적인 편이지만 직업상 옛날부터 술자리에 참석해야 할 때가 많았다. 게다가 술을 잘 못하는 체질이다 보니 상대가 마음을 열어 보이는데 나만 맨 정신으로 있는 것이 영 마음에 걸려서 어느새 외향적인 척 행동하게 되었다. 그래서 열심히 농담과 야릇한 이야기, 일에 관한 진지한 생각이나 본심까지 허물없이 털어놓곤 한다. 술 취한 사람과 이야기하는 것이 괴롭지만은 않다. 누군가와 한잔하러 가서 얘기를 나누는 일이 너무나도 즐겁다.

"겐, 그사이에는 약간 시간을 두는 게 좋아."

평소 무대에 관해서는 일절 말이 없던 후루타 씨가 드물게 지적을 했다. 일단 "네." 하고 대답하고는, 다음 날 무대에 올라갔을 때 바로 그 장면에서 좀 더 사이를 두었다. 그러자 평소보다 웃음소리가 30퍼센트 정도 커졌다.

그리고 다음 차례가 올 때까지 무대 옆에서 조용히 대기했다. 보통 먼저 나가는 후루타 씨가 내 앞에서 미동도 않고 열린 문 쪽을 바라보며 서 있었는데, 그날은 처음으로 슬쩍 뒤돌아보더니 '굿사인(good sign)'을 보내 주었다.

곧이어 후루타 씨가 문을 열고 목소리를 쩌렁쩌렁 울리며 무대로 나갔다. 나도 그 뒤를 따라갔다.

창문 안쪽으로 의식이 날아간다. 내 로봇이여, 손발이여, 부디 잘 움직여 주기를. 창문 바깥에는 멋대로 떠들고 움직이고 연기하는 내가 있다. 떠벌리는 나를 내버려 두고 주변을 빙 둘러보았다. 신기하다. 얼마 전까지 병원 천장을 보고 있었는데, 지금은 천삼백 명의 관객 앞에서 큰 소리로 떠들고 있다.

인생은 여행이라던데, 정말 그런 것도 같다. 내 몸을 기관차에 비유해 보면, 이 차창 밖은 의외로 재미있다.

다마가와 선셋

한때 출연했던 NHK 드라마 「어젯밤의 카레, 내일의 빵(昨夜のカレ一、明日のパン)」[9]의 촬영을 마쳤다. 함께 공연한 분들, 스태프들에게 인사를 올리고 얼른 귀가하고자 했지만 촬영 장소인 후추(府中)의 시라토다이(白糸台) 부근에는 택시가 거의 다니지 않았다.

일단 가장 가까운 세이부다마가와선의 시라토다이역까지 걸어가서 택시 정류장을 찾았으나 작은 역이라 그런지 택시가 도무지 눈에 띄지 않았다.

---

9   일본의 각본가 기자라 이즈미(木皿泉)의 소설을 드라마화한 작품으로 2014년 10월 5일부터 11월 16일까지 방송되었다.

그럼 근처의 큰 역까지 전철로 이동해서 택시를 타면 되겠지. 아니, 그대로 전철을 타고 귀가할까 하고도 생각했다. 그런데 전철로는 한 시간이 족히 걸리지만 택시로 중앙고속자동차도로를 타면 십오 분 만에 도착한다. 가능하면 빨리 집에 가고 싶다.

시라토다이역의 개찰구를 지나 플랫폼까지 가서 기둥에 붙은 정차역 일람을 보니, 이 노선으로 갈 수 있는 가장 가까우면서도 인파가 붐빌 만한 역은 JR도 다니는 무사시노(武蔵野)시의 무사시사카이(武蔵境)역이었다.

안 돼. 거기까지 가면 중앙고속자동차도로에서 너무 멀어진다. 게다가 무사시사카이 부근에는 고속 도로가 없지 않은가. 거기에서 일부러 고속 도로 입구까지 돌아간다면 그대로 전철을 타고 신주쿠를 경유해서 가더라도 시간상 그리 차이가 없다. 역시 이 근처에서 큰 도로를 찾아 택시를 잡는 수밖에 없다고 생각했지만 한번 들어온 개찰구를 도로 나갈 수도 없었다.

어떻게 해야 할지 몰라 플랫폼에서 망연자실해 있는데, 갑자기 등 뒤에서 거센 바람이 느껴졌다. 뒤를 돌아

보니 무사시사카이와는 반대 방향으로 가는 전철이 들어오고 있었다.

"다음 역은 교테이조마에(競艇場前), 교테이조마에입니다."

경정 경기장이라니! 왠지 사람들이 많을 것 같다. 택시 승강장도 있을지 모른다. 일단 뛰어들어서 탔다.

흘러가는 차창을 바라보았다. 아직 해가 저물기 전인 오후 3시 반, 하늘은 쾌청했다. 근처에 사는 사람에게는 미안한 말이지만 아무것도 없다. 아무리 달리고 달려도 주택뿐. 번화가가 나타날 기미 따위는 없었다.

점점 불안해지는 가운데 한 역 더 가서 내리니 놀라우리만치 한산했다. 초조해하며 개찰구를 나왔더니 역시나 택시 승강장이 없는 역이다. 어깨에 힘이 쭉 빠졌다. 이제 됐어. 빨리 집에 가지 않아도 돼. 주변을 배회하다가 적당히 돌아가자.

개찰구는 지상보다 높은 곳에 있어서 동네를 내려다볼 수 있었다. 오른편에는 호수 같은 넓은 수면이 일렁이고 그 주변으로 커다란 건물이 줄줄이 늘어서 있었다.

죽 이어진 비탈길을 터벅터벅 걸어서 내려오니 '보트 레이스(BOAT RACE) 다마가와'라는 간판이 나타났다. 바로 거기에 다마가와 경정장이 있었다.

경정(競艇)이란, 굳이 설명해야 할 필요가 있을까 싶지만 경마나 자동차 경주처럼 선수들이 모터보트를 타고 내달리는 모습을 보며 승패를 점치는, 일종의 도박이다. 지금까지 한 번도 구경해 본 적이 없다. 가까이 가 보니 왼쪽에는 표를 확인하는 경정장 입구가, 오른쪽에는 택시 승강장이 있었다. 무려 네 대나 정차해 있었다.

"……"

왼쪽으로 꺾었다. 방금 전까지는 오매불망 택시만 바랐으나 갑자기 경정장에 흥미가 생긴 것이다.

개찰구에 100엔짜리 동전을 넣고 들어갔다. 인기척이 없는 식당 구역을 지나 주권(舟券)을 파는 매표소로 나오자 다양한 부류의 아저씨들이 웅성대고 있었다. 다들 인상을 구기고 있었지만 살벌하지는 않았다. 물론 생활을 위해 돈을 거는 사람도 적지 않겠지만 그저 승부를 진지하게 즐기는 분위기가 더 강해 보였다.

관객석으로 나가자 태양은 저물어 가고 수면은 오렌지빛으로 물들어 있었다. 장내 방송이 나온 뒤 11번째 레이스가 시작되었다. 엄청난 함성과 함께 보트가 무시무시한 속도로 눈앞을 지나갔다. 분위기가 고조되자 나는 손에 쥔 스마트폰으로 찰칵찰칵 사진을 찍으며 신나게 소리쳤다. 주변을 돌아봐도 그렇게 사진 찍는 녀석은 나밖에 없었다.

레이스가 끝난 순간, 언제 그랬나 싶을 정도로 객석이 조용해졌다. 제법 사람이 많았는데도 노성이 오가거나 휴지 조각이 된 주권을 허공에다 날려 버리거나 텔레비전에서 종종 봤던 (그건 경마였지만!) 큰 소란 따윈 일어나지 않았다. 그저 덤덤히 레이스를 보는 남자들.

결국 주권은 사지 않았다. 돈을 거는 도박을 별로 좋아하지 않는 데다, 평소 하는 일만으로도 충분히 스릴을 느끼고 있다. 안정적이지 않은 대신에 한번 터지면 대박이 난다. 때때로 음악이 좋아서 일을 하는지, 도박에서 이기려고 일을 하는지 헷갈리기도 한다. 솔직히 양쪽 모두 중요하지만 전자를 늘 잊지 않으려고 노력한다. 무모하게

이기는 데에만 집착하다가 정신을 차렸을 때 일 자체가 사라져 버려서 끝내 자취를 감춘 선배들을 종종 봐 왔다. 인생을 건 일일수록 중독 요소도 너무 강하다.

경정장을 뒤로하고 하얀 택시를 탔다. "고속 도로를 타고 시부야까지요."라고 말하자 "오케이!" 하고 초로의 운전기사 시미즈 씨가 기분 좋게 대답했다.

길을 달리면서 경정은 공적인 경기 중에서도 유일하게 남녀 혼성 종목이라는 점, 입장 시간을 단 오 분이라도 어기면 아무리 스타 선수인들 경정장 안으로 거들먹거리며 들어갈 수 없다는 점 등 이런저런 정보를 전해 들었다.

시미즈 씨는 회사를 정년퇴직하고 나서 택시 운전대를 잡은 모양이다. 오토바이와 자동차를 좋아하고, 할리데이비슨 스포스터(Harley-Davidson Sportster)와 포르쉐(Porsche)가 애마라고 했다.

"손님, 오토바이를 타면 참 좋다오. 바람을 가르며 계절을 느낄 수 있거든요"

딸 둘을 시집보내고 지금은 기름값과 애마 유지비를

벌기 위해 택시를 몬다고. 생활비는 연금으로 충당하며 전국 일주, 그중에서도 사랑하는 아내를 포르쉐에 태우고 다니는 여행이 취미라고 한다. 손에는 최신 아이폰을 들었고 택시 안에서는 냇 킹 콜[10]의 음악이 흘러나왔다.

택시를 타는 동안 시미즈 씨와 쉴 새 없이 떠들었다. 시부야에 도착하고 대화가 마무리될 무렵 시미즈 씨가 건넨 말에 택시를 내린 지금까지도 연신 고개를 끄덕이고 있다.

"사람은 좋아하는 일을 해야 돼요, 손님!"

---

10 Nat King Cole. 미국의 재즈 가수, 피아니스트 겸 배우. 감미로운 사랑 노래를 많이 남겼다.

분노

내 콘서트는 크게 두 종류로 나뉜다.

혼자 기타를 치면서 노래 부르는 스타일과 백밴드, 즉 여러 연주자의 연주에 맞춰 노래하는 스타일. 작년 말에는 '투비트(two beat)'라는 이름으로 요코하마 아레나를 이틀간 빌려 첫날에는 혼자 기타를 치면서 노래했고, 둘째 날에는 밴드를 대동하고 각각의 방식으로 콘서트를 진행했다.

밴드 멤버는 인간적으로 좋아하는 연주자를 늘 직접 선발해서, 되도록 스트레스가 없는 즐거운 음악 환경을 만들려고 애쓴다. 좋은 사람들의 반주에 맞춰 노래하면 벌써 그것만으로도 행복한 기분이 든다. 숙련된 대가부터 내 마음을 속속들이 잘 아는 같은 고등학교 출신의 동년배 연주자까지 연령도, 출신 환경도 각기 다르다. 기량을 따지기보다 느낌(feeling)이 맞는 사람끼리 연주해서 즐겁다. 나부터가 기교(technique)를 추구하는 음악가가 아니라서 그런지도 모른다.

멤버 중에 가장 젊고 경력도 짧은 베이시스트 하마 오카모토(ハマオカモト)는 데뷔한 지는 얼마 안 되었지만 대가와 겨뤄도 손색없는 훌륭한 연주력을 보유했을 뿐 아니라 인간적으로도 나무랄 데 없다. 하지만 어쩐 일인지 늘 화가 나 있는 상태다.

어쩐 일인지, 라고 썼지만 그 분노는 아주 이치에 맞고 논리 정연하다. 라이브 리허설이나 리코딩, 사적인 식사 자리에서 만날 때면 업무상 대개 어떤 사건이 일어나서 "겐 씨, 잠깐 내 말 좀 들어 봐요."라고 분노의 토크쇼를 개최한다. 어쩐 일인지, 라는 말은 '어쩐 일인지 이유 없이 화가 났다.'라는 의미가 아니라, '어쩐 일인지 늘 화가 날 만한 일이 일어난다.'라는 뜻이다. 나는 그 얘기를 듣는 일이 몹시 즐겁다.

이렇게 말하는 나도 그런 분노의 토크쇼가 끝난 뒤에는 대개 "하마 군, 들어 봐, 실은 나도⋯⋯"라고 운을 뗀다. 나 또한 그에게 분노 에피소드를 두 배 분량으로 되돌려 줄 만큼 업무상 여러 불합리한 문제들에 시달리고 있다.

그런 두 사람에게는 암묵의 규칙이 있다. '심각한 분노 에피소드일수록 웃기고 재미나게' 이야기해야 한다는 것이다.

분노를 토해 내는 행위란 그걸 받아들이는 상대의 마음을 크게 동요시킬 만큼 부정적인 에너지로 넘쳐 난다. 하지만 가만히 담아 두기만 하면 마음이 점점 불안정해지고 몸에도 악영향을 끼친다. 그래서 되도록 즐겁고 재미있게 토해 낼 수 있는 방법이 필요하다.

이야기를 하며 잠시 뜸을 들이거나 불합리한 사건에 휘말렸을 때 내가 취했던 리액션을 재연하고 거기에 걸맞은 표정을 지어서 되도록 상대가 "너무해!" 하고 즐겁게 웃을 수 있도록 노력한다. 괜한 이야기를 보탤 필요는 없다.

그토록 강렬하면서 의미 불명에, 웃음이 날 정도로 납득이 안 가는 사건은 매일 일어나기 때문이다. 안타깝게도 일하면서 생기는 분노 에피소드는 여기에 적을 수 없지만 털어놓아도 무방한 일이라면 다소 써도 좋으리라.

그날 그는 몹시 화를 냈다.

"겐 씨, 용서할 수 없는 일이 있어요."

이렇게 말하면서 그는 사진 한 장을 보여 주었다. 거기에는 편의점에서 파는 타원형 빵이 찍혀 있고, 겉 포장에는 이렇게 쓰여 있었다.

잘 뜯어지는 버터브레드(ちぎれるバターブレッド)

그걸 보여 주면서 그는 혈관에 힘을 주어 가며 말했다.

"빵은 원래 잘 뜯어집니다……!"

나는 목뼈가 삐걱댈 정도로 크게 끄덕였다. 사진에 찍힌 빵 자체는 확실히 잘 뜯어지는 데니시[11] 종류이지만

---

11   설탕, 유지, 계란을 풍부히 넣어 부드럽게 구워 내는 빵.

상품명이 이상하다는 데는 변함이 없다. 며칠 전, 하마 군은 편의점에서 이 빵을 발견하고 그 언어적 모순에 분노를 느꼈다. 그래서 지체 없이 구입했다고 한다.

"그렇게까지 말하기에 얼마나 잘 뜯어지는지 확인하려고 바로 샀습니다."

"어땠어?"

그는 몸을 부르르 떨었다.

"그냥 흔해 빠진……"

연말의 심야 카페. 커피와 진저에일이 단출하게 놓인 하얀 테이블 위로 하마 군이 분개하며 와락 엎드렸다.

"아마 그 이름이 나온 배경에는 '잘 찢어지는 치즈(さけるチーズ)'와 '뜯어 먹는 빵(ちぎりパン)' 같은 히트 상품이 존재했을 겁니다!"

그렇게 선언하고는 돌연 첫눈의 존재를 깨달은 순간처럼 그는 조용히 고개를 들었다.

"'잘 찢어지는 치즈'의 놀라운 점은 기존 치즈에서 찾아볼 수 없었던 치즈를 찢어 먹는다는 쾌감을 극한까지 추구한 데에 있어요. '뜯어 먹는 빵'은 빵을 뜯어 먹기 편

한 크기로 잘록하게 굽고, 자꾸 소리 내어 말하고 싶은 대중성 있는 상품명을 만들어 냈다는 부분에 큰 점수를 주고 싶어요. 그런데 이 '잘 뜯어지는 버터브레드'를 기획한 사람들은 기존 성과에 편승하려 하면서도 '뜯어 먹는'을 그대로 따라 하지 않고자 '뜯어지는'이라는 독창성을 발휘했고 그 결과, 언어적 모순을 낳고 말았지요." 그러더니 문득 "그런가, 어쩌면 이 상품을 만든 사람은 독창성(originality)을 더 추구하고 싶었는지도 모르겠군요, 겐 씨."

그때 이 세상에서 분노 하나가 사라졌다.

결국 카페가 문을 닫을 때까지 즐겁게 떠들다가 자리를 떴다. 시각은 새벽 4시. 택시를 타기 전에 편의점에서 뭘 좀 사기로 했다. 내가 주먹밥을 고르고 있는데 하마 군이 엄청난 기세로 달려왔다.

하마 군의 손에는 빵이 쥐여 있고 겉 포장에는 이렇게 쓰여 있었다.

잘 뜯어지고 부드러운 건포도빵(ちぎれるやわらかレーズンブレッド)

입을 모아 외쳤다.

"빵은 원래부터 잘 뜯어지고 대체로 부드럽다고!"

전파와 크리스마스

분명히 열네 살 무렵에 처음으로 노래를 만들었다.

부모에게 물려받은, 낡아서 나일론 현이 늘어진 거트 기타[12]로 음이 많지 않은 간단한 코드만 잡고 노래하기 시작했다. 기술도, 곡에 대한 이해도 없이 그저 한심한, 너무도 한심한 노래였다.

고등학생 때 카세트테이프로 아마추어 리코딩을 할 수 있는 기기를 친구에게 빌려 와 집에서 녹음하기 시작했다. 부모님이 생일날 사 준 크기가 작은 싸구려 드럼

---

12   gut guitar. 클래식 기타처럼 거트현을 건너 매어 연주하는 기타.

세트에 모포와 고양이 담요를 덮어씌우고 이웃한테 소리가 울리지 않게끔 녹음했다. 반주로 넣은 기타 소리와 목소리도 이웃에 폐가 되지 않을 만큼 아주 작게 말이다. 내 목소리가 너무 싫어서 싱어송라이터가 되려는 생각은 꿈도 꾸지 않았다. 단순히 취미였다.

열여덟 살에 혼자 살기 시작했다. 욕실이 없는 다다미여섯 장짜리 원룸 아파트. 바퀴벌레랑 쥐와 함께 방을 썼다. 이웃에 사는 청년의 사랑 행위가 진동과 소리로 변주되어 아파트 전체에 울려 퍼지는 4D 서라운드 양식의 건물. 그래서 기타라도 칠라치면 바로 아랫집에 사는 관리인 아주머니가 빗자루로 천장을 쿵쿵 두드리며 화를 냈다. 그래도 어떻게든 쳐 보려고 고심한 끝에, 최소한의 소리로 작곡을 할 수 있게 되었다. 비 오는 날에는 소리가 울리지 않아서 노래를 많이 만들었다. 폭풍우가 치는 날이면 비바람이 완벽한 방음 장치가 되어 주었다. 큰 소리로 노래하고 맘껏 기타를 쳤다. 아무도 뭐라고 하지 않았다.

늦은 밤, 잠이 오지 않을 때는 늘 노래를 지었다.

가사를 쓰고 작곡을 하면서 지금 이 노래가 누군가에게 가닿기를 바랐다.

옆방에조차 들리지 않는 이 작은 노랫소리가 라디오 전파를 타듯이 어딘가로 날아가서 지금 누군가한테 전해졌겠지! 난 별 까닭도 없이 그랬으리라고 묘하게 확신했다.

한편 그런 망상을 나이 어린 사람 특유의 자기도취에 빠진, 못 말리는 바람이라고도 생각했다. 인간 쓰레기에 패배자, 1원의 가치조차 없는 아무것도 아닌 인간의 꼴사나운 환상이라고.

스무 살에 보컬이 없는 밴드 '사케록(SAKEROCK)'을 결성하고 이를 계기로 음악업계에 발을 들였다. 호소노 하루오미[13] 씨의 권유로 콤플렉스 탓에 봉인해 두었던, 즉 가수에 대한 갈망을 해소해 보기로 각오하고 「바보의 노래(ばかのうた)」라는 첫 번째 앨범을 제작했다. 정신을 차리고 보니 요코하마 아레나에서 콘서트를 하고 있었다. 작곡을 시작할 무렵의 나와 지금의 나, 앞으로의

---

13   細野晴臣. 일본의 음악 프로듀서이자 베이시스트, 싱어송라이터로, 일본의 전자 음악 그룹 옐로 매직 오케스트라와 록 밴드 해피엔드의 멤버다.

나를 연결하는 콘서트를 하고 싶었다. 양일간의 공연 중, 첫날은 홀로 기타를 메고 무대에 올랐다.

다다미 여섯 장짜리 방보다 더 좁은 다다미 두 장 정도의 공간에나 겨우 울릴 법한 작디작은 소리로 작곡한 노래를 드넓은 요코하마 아레나에서 부른다. 스포트라이트가 나를 비추면 주변에 어둠이 내리고 아무것도 보이지 않는다. 그 순간, 1만 2000명의 관객이 홀연히 사라지고 나만 홀로 덩그러니 남는다.

그 무렵 깊은 밤, 모두가 잠들어 고요한 거리, 아무런 미래도 보이지 않는 자신의 무능함에 짓눌려서 잠도 이루지 못하고 의미도 없이 한쪽 눈으로 눈물만 흘렸다. 그러다가 숨이 막혀서 덮은 이불을 천천히 걷어 내고 일어나 앉아 곁에 있던 기타로 캄캄한 방 안에서 노래를 만들던 그 순간, 그때가 지금 무대에 서서 노래하는 이 순간과 맞닿아 있다. 이런 일도 있구나, 라고 생각했다.

그 당시 '누군가에게 전해져라.' 하며 마음으로 쏘아 올린 전파는 환상도, 자기도취에 빠진 망상도 아니었다. 몇 년에 걸쳐 천천히, 아주 천천히 날아올라서 여기에 있는 많은 사람들에게 가닿았고 무사히 전달되었다. 쓸데없는 일이라고 생각했던 그 바람이 여기서 하나로 연결되었다.

반짝임
헛되이
지나간 시간 속에서
밝혀지는 등불
輝き
無駄の中に
過ぎた時間に
ともってる灯

「번뜩임(ひらめき)」이라는 노래를 부르니 요코하마 아레나가 다다미 여섯 장짜리 방처럼 비좁게 느껴졌다. 허풍도 과장도 뭣도 아니고 관객과의 거리가 아주 가깝게 느껴졌다. 마지막 곡이 끝나자 객석에 불이 들어오고 많은 사람들이 박수를 보내 주었다.

"큰 무대에서 하는 콘서트는 진짜 음악이 아니야."

"작은 라이브 하우스에서 하는 콘서트가 진짜배기지."

나도 옛날에는 그렇게 생각했다. 하지만 그건 착각이었다.

음악 그리고 라이브에서의 크기와 거리란 콘서트장의 규모로 잴 수 없다. 음악가와 관객 사이의 마음의 거리가 얼마나 멀고 가까우냐로 측정할 수 있는 부분이다.

너무나도 행복한 시간이었다. 콘서트장이 얼마나 컸든 그 이틀간, 요코하마 아레나는 최고로 좁았다.

공연을 마치고 일주일 뒤, 크리스마스였다. 이브에 선물을 준 친구에게 답례하려고 쇼핑하러 갔다. 시부야의 스크램블 교차점을 건너고 있었다. 회사원과 커플, 학생들의 무리 등 다양한 사람들로 북적이는 가운데, 딱 한 사람이 눈에 띄었다. 빨간색 산타 모자를 쓰고 반려동물을 데리고 나온 너덜너덜한 짙은 갈색 코트를 입은 할아버지와 스쳐 지나갔다.

손끝에 연결된 실의 끄트머리에는 작은 산타 모자를 쓴 수세미가 있었다.

반려동물이 아니었다. 할아버지는 수세미를 질질 끌고 걸어갔다. 어떤 말도, 티 나는 행동도 하지 않고 곧장 교차점을 걸어갔다. 거리의 부산함과 사람들의 물결에 천천히 뒤섞여 사라지는 그 뒷모습이 왠지 "전해져라." 라고 외치는 듯했다.

사람들로 혼잡한 교차점에서 내내 할아버지의 등을 바라보았다.

친구

나는 트위터나 페이스북, 인스타그램 등 SNS를 전혀 하지 않는다. 그런 곳에 글을 쓰는 게 어색하고 뭘 쓰면 좋을지 몰라서 고민하게 된다. 노래 부르고 무대에 서고 에세이와 가사를 쓰면서 표현욕 정도는 충분히 채우고 있다. 그래서 가끔씩 스태프의 트위터 계정을 빌려서 방송이나 공연을 홍보하는 일 외에는 SNS를 하지 않았다.

라고 말하고 다녔다.

하지만 솔직히 말해서 남들 모르게 트위터를 하던 시기가 있었다.

2013년, 아파서 요양하던 시기에 너무 외로웠다. 누군가와 대화를 나누고 싶었다. 하지만 만약에 실제로 친구나 동료를 만났더라면 빈둥대는 내 현실이 한심하게 느껴져서 건실하게 생활하는 상대와 만난 일을 후회하고 크게 낙담했으리라.

하지만 나는 사람이 그리웠다. 문득 좋은 생각이 났다.

"트위터를 해서 아예 새로 친구를 만들어 보자."

연예인이나 뮤지션이 공식 계정 말고 극히 제한된 친구와 가족하고만 팔로 하는 비밀 계정을 세상 사람들은 '리얼아카'[14]라고 부르는 모양인데, 내가 시도한 바는 이것과 전혀 다르다.

'호시노 겐'으로서 트위터를 하는 게 아니기에 직업이나 사적인 정보를 일절 밝히지 않는, 그저 전혀 다른 인물로서 계정을 만들었다.

친구와 가족, 동료에게도 계정에 관해서는 조금도 알리지 않았고, 지인도 물론 팔로 하지 않았다. 이름도 나이도 전부 다른, 말하자면 가공의 계정, '니세아카'[15]를

14   リア垢. 유명인 등이 실생활에서 사용하는 계정.
15   ニセ垢. 가짜 계정.

만든 것이다. 그러면 힘겨운 현재 상황을 조금이나마 잊고, 누군가와 소통할 수 있을지도 모른다고 생각했다.

내가 정한 규칙은 네 가지.

· 이름과 개인 신상은 절대로 밝히지 않는다.

· 긍정적인 말만 쓴다.

· 비판, 비평은 일절 쓰지 않는다.

· 거짓말은 하지 않는다.

하지만 시작하고 나서 바로 깨달았다. 트위터에서는 무슨 소리를 하든 팔로워가 없으면 그 말에 반응해 주는 사람이 전혀 없다는 사실! 친구의 수는 일 밀리미터도 늘어나지 않았다. 실제 생활에서의 교우 관계는 전혀 소용이 없고, 트위터 내에서의 지인도 아예 없는 상태이니 친구가 늘지 않는 건 당연했다.

해시태그[16]를 넣고 자극적인 말로 뭔가를 비판하면 반

---

16   Hash Tag. 단어 앞에 # 기호를 붙여서 주제를 표기하는 SNS 기능으로, 정보를 공유할 때 사용하는 방법이다.

응이 있을지도 모르지만, 나는 특별한 의견을 내놓거나 스트레스를 발산하고 싶은 게 아니라 그저 누군가와 소통하고 싶을 뿐이다. 부정적인 말은 하고 싶지 않다. 다른 인물이 되어 글을 쓰지만 다른 인격으로 바뀐 것은 아니라서 함부로 말하거나 누군가의 비위를 맞추며 호감을 사는 일도 금지다.

그러면 팔로워 수는 영원히 늘지 않겠지. 그래서 일단 적당히 고른 사람에게 이쪽에서 먼저 인사를 해 보기로 했다.

"안녕!"

대답이 없다. 정체불명의 사람이 인사를 먼저 건넨다고 냉큼 답이 올 만큼 이 사회는 만만하지 않았다. 일단 프로필에 자기소개를 썼다. 음악과 일러스트를 좋아하는 회사원이라고 되도록 현실감 있게 설정하고, 가공의 출신지와 나이도 적었다.

그래도 가타부타 말이 없다. 지혜를 짜낸 끝에, 평소 좋아하던 일러스트레이터가 자기 일러스트를 첨부해서 올린 트윗에 댓글을 달아 보기로 했다. 이쪽에서 말을 거는 게 아니라 불특정 다수를 향한 부름에 반응함으로써 소통을 할 수도 있지 않을까 하고 생각했다.

"일러스트 최고였습니다!(생략) 늘 응원하고 있습니다."

그러자 오 분 뒤에 알림 표시가 반짝였다.

"고맙습니다. 앞으로도 열심히 하겠습니다!"

기뻐서 폴짝폴짝 뛰고 싶었다.

댓글을 받는 것이 이렇게나 어렵고도 기쁜 일이었나.

그러고 나서는 만화가, 음악가, 댄서 등 주로 프로가 아니라 취미와 동인으로서 작품을 발표하는 사람에게 찬사의 댓글을 적극적으로 보냈다. 물론 진심으로 감동한 것에 한해서만.

계속하다 보니 많은 댓글이 달렸고, 그 대답이 또 다른 대답이 되더니 슬슬 샛길로 빠지며 일상 대화로 이어졌다. 결국에는 나를 팔로 해 주는 사람까지 생겼다. 맨주먹으로 시작해서 마침내 친구를 얻었다.

팔로워가 일하러 가면서

"다녀오겠습니다!"

라고 트윗을 날렸다.

"다녀오세요! 힘내세요."

댓글을 남겼다.

"고마워요! 힘내겠습니다!"

라고 대답해 주었다.

그런 대화를 나눈 것만으로도 정말 힘이 났다. 오늘 하루도 분발하자는 생각이 들었다. 어느새 그런 인사를 나누는 친구가 스무 명이나 생겼다.

얼마 안 있어 요양이 끝나고 일을 시작하면서 바빠진 탓에 트위터를 거의 들여다보지 못했다. 지금도 이따금 트윗을 날리고 알림 표시가 반짝이면 한때 위로받았던 감촉이 되살아난다.

분명히 일생 동안 만날 일 없는 친구겠지만, 그때는 정말로 고마웠어요.

작곡하는 나날

새해가 밝고 내내 곡만 썼다.

두 달 동안 열 곡 남짓 지어야 해서 집 안이나 드라마 촬영장의 대기실에서, 이미 녹음한 곡을 믹스다운[17] 하는 스튜디오 부스 안에서, 기타가 없으면 콧노래로 녹음기에 기록하고 기타가 있으면 악기로 곡을 만들었다.

이 시기, 흥겨운 곡을 많이 만들었던 까닭에 피크를 자주 교체했다. 피크란 손가락이 아프지 않게 기타 줄을 치는 얇고 납작한 세모꼴의 물건을 말한다. 나는 펜더에서

---

17   mix-down. 멀티 트랙 녹음 때에 믹싱을 통해 단일 트랙 프로그램을 제작하는 작업이다.

제조한 대모갑처럼 검은색과 갈색이 섞인 주먹밥 모양의 피크를 애용한다. 그런데 작고 얇아서인지 툭하면 없어진다. 몇 번 쓰면 닳아 버리는 소모품이라서 늘 잔뜩 준비해 놓음에도 정신 차려 보면 남은 건 달랑 한 장뿐이다.

격무에 시달려 녹초가 된 어느 날, 스튜디오 안에서 믹스를 기다리는 사이 어쿠스틱 기타를 딩딩 치면서 곡을 쓰고 있었다. 그때 피크가 손가락에서 줄 사이로 미끄러져 나가더니 기타 중앙에 있는 사운드홀 안으로 툭 떨어졌다.

흔히 있는 일이라서 특별히 신경 쓰지도 않았다. 홀을 아래로 향하게 두고 기타를 흔들면 바로 나오기 때문이다, 라고 생각하며 이리저리 흔들어 보았는데 좀처럼 나오지 않는다. '달그락달그락' 작은 소리가 나는 걸 보면 기타 속을 굴러다니는 듯한데 전혀 나올 기미가 없었다. 위아래로 흔들고 들썩여 보았지만 급기야 '달그락달그락' 하는 소리조차 나지 않게 되었다. 뭐야. 다른 차원으로 날아가 버린 걸까?

시계를 보니 스튜디오를 나서기 오 분 전이었다. 뭐 됐어, 오늘은 이쯤 하자, 그렇게 생각하며 기타를 케이스 안에 넣었다.

때마침 새해가 밝아 왔다. 바로 촬영을 시작한 드라마 현장은 아주 재미있고 충실했다.

NHK 드라마 「홍백이 태어난 날(紅白が生まれた日)」은 실화를 바탕으로 한다. 전쟁 직후, GHQ[18]가 접수한 국영 방송국(훗날 NHK) 안에서 순수한 엔터테인먼트로서의 라디오 방송 「홍백가합전」[19]을 기획하고 방송하고자 분 투하는 한 감독의 이야기다.

주연은 마쓰야마 겐이치(松山ケンイチ) 씨와 혼다 쓰바 사(本田翼) 씨. 나는 그 두 사람의 앞길을 방해하는 GHQ 측 일본계 미국인 출신의 군인을 연기한다. 좌우간에 엄 격하고 상관의 명령에 절대 복종하는 괴물이지만 두 주

---

18   'General Headquarters'의 약자로 연합군 최고 사령부를 가리킨다.
19   紅白歌合戦. 여성 아티스트는 아카구미(紅組), 남성 아티스트는 시로구 미(白組)로 나누어 서로 대항하듯 노래와 연주를 선보이는 프로그램이다. 3회까지는 정월에 방송되던 라디오 프로그램이었으나, NHK가 텔레비전 방송을 개시한 4회부터는 12월 31일 밤으로 시간대를 옮겨서 방송하고 있 다. 현재 일본에서 '한 해를 마무리하는 프로그램'의 대명사가 되었다.

인공과 만나면서 그동안 보이지 않았던 진정한 인간성을 드러내기 시작한다.

일본에서 태어났지만 자란 곳은 미국. 역시 일본계 미국인이라는 설정 때문에 영어 대사가 조금 있었다. 어쩐 일인지 스태프 여러분은 "호시노 씨는 음악을 하는 사람이니까 음감이 좋아서 괜찮을 거예요."라고 영문을 알 수 없는 말로 나를 안심시켰지만 아무래도 불안해서 친구에게 소개받은 영어 선생님을 개인적으로 고용하였다.

선생님이라지만 나보다 열 살 어린, 미국과 영국에서 자라서 영어 발음이 완벽한 일본인이다. 꼼꼼하고 명랑하고, 무엇보다 열심히 가르쳤다. 그가 발음하는 강세를 똑같이 따라 했다고 생각했으나 "노, 아니에요."라고 몇 번이나 질리도록 교정해 주었다. 스스로 발음하는 사이에 뉘앙스를 조금씩 파악하며 차이를 이해하는 과정은 굉장히 즐거웠다.

기타를 막 치기 시작한 중학생 시절, 그러니까 악보와 밴드보를 살 돈이 없어서 음악을 듣고 귀로 음정을 따올 수밖에 없었던 시절이 떠올랐다. 처음에는 어떤 코드인지, 베이스라인이 어떻게 움직이는지 몰라서 곤란했지만 포기하지 않고 몇 번이나 자꾸 듣는 사이에 차츰 음의 미묘한 차이, 악기의 차이, 코드의 텐션 차이를 깨닫게 되었다. 영어 공부도 그때의 감각과 흡사했다. 재미있다.

이렇게 되자 언젠가는 제대로 된 영어 발음으로 내 노래를 부르고 싶어졌다.

"호시노 씨, 영어로 노래하면 진짜 편해요."

선생님은 최근 자기 밴드를 결성했다면서 생긋 웃었다.

그에게 영어를 배운 덕분에 촬영을 무사히 마칠 수 있었다. 함께 공연한 상관 배역의 미국인 배우와도 "오, 예스!(oh, yes!)"라거나 "그레이트!(great!)" 하면서 대화를 나눌 수 있게 되었다.

집에 와서 이제 다시 작곡해 볼까, 하고 신이 나서 기타를 품에 안았다. 마침 몸과 마음에 미국의 향기가 남아 있었다. 디스코테크 같은 곡이라도 쓰자, 라고 기타를 치려다가 퍼뜩 깨달았다.

피크가 없다.

낭패다. 집에 구비해 놓았던 피크도 다 떨어졌다. 피크

없이 손가락으로 줄을 튕기면서 템포가 빠른 곡을 쓰기란 어렵다. 뭐야, 모처럼 의욕이 넘치는 순간에. 이 고양된 기분을 어찌한단 말인가.

그렇게 아쉬워하며 한숨을 내쉬는데 배 쪽에서 '달그락달그락' 하고 조그만 소리가 났다.

갑자기 기타의 사운드홀에서 피크가 쏙 빠져나오더니 여기 있습니다, 라고 말하듯이 눈앞에 놓인 테이블 위로 착지했다.

일기일회

일주일에 한 번씩 NHK에 다니고 있다.

우치무라 데루요시(內村光良) 씨의 콩트 방송 「LIFE!~인생에 바치는 콩트~(LIFE!~人生に捧げるコント~)」의 세 번째 시즌 녹화가 시작되었다. 나는 고정 출연자로서 콩트 몇 회를 촬영했다.

NHK는 늘 많은 사람들로 북적거렸다. 아이돌, 대하드라마에 출연하는 무사들, 뭘 하는지 모르지만 신선 같은 분위기를 풍기는 노인 스태프까지. 다양한 인종, 직종의 사람들이 왁자지껄 복도를 다니며 다 함께 식당에서 와구와구 밥을 먹었다.

다른 방송에서 함께했던 스타일리스트와 우연히 만나서 소소하게 세상 돌아가는 이야기를 하거나 내 콘서트에서 활약했던 뮤지션을 발견하고 인사를 나누거나 얼굴만 아는 사람과 재회할 때도 종종 있다. 몇 년 동안 만나지 못했던 친구가 불러 세워서 얘기를 나누다 보면 만남이란 아주 소중하며 딱 한 차례로 끝나는 게 아니라 언제까지나 연결되어 있구나, 하는 생각이 문득 떠오른다.

한 콩트 녹화를 마치고 "화장실에 다녀오겠습니다." 하고 가장 가까운 남자 화장실로 들어갔다. 그곳은 아이들도 충분히 용변을 볼 수 있는 세로로 긴 소변기가 다섯 개, 양변기로 된 개별 화장실이 세 개, 좌식 변기로 된 개별 화장실은 한 개만 있는 남자 화장실이었다.

들어가서 가장 가까운 소변기 앞에 서서 바지 지퍼를 주르르 열고 용변을 보는데 초록색 옷을 입은 네 살쯤 된 귀여운 아이가 들어왔다. 소변기가 그렇게 많은데도 그 아이는 굳이 내 옆에 있는 소변기를 골라서 바지를 내리더니 차가운 말투로 이렇게 말했다.

"……지옥이었어."

놀라서 그를 바라보자 도발적인 눈동자로 나를 쳐다보았다. 몇 초 동안 눈을 마주치더니 그는 용변을 다 봤는지 지퍼를 올리고 화장실에서 줄달음치며 나가 버렸다.

나도 지퍼를 올리고 손을 씻은 뒤 서둘러 복도로 나가서 그 아이의 뒷모습을 바라보았다. 같은 옷을 입은 다른 어린아이 두 명과 엄마로 보이는 여성, 프로듀서인 듯한 스태프랑 함께 사랑스러운 얼굴로 담소를 나누면서 걸어갔다.

저 나이에 지옥을 보다니.

역시 NHK는 재미있다. 또 언젠가 그 아이와 만나고 싶다.

그 일이 있고 며칠 지난 저녁. 장을 보러 나가려고 시부야에서 택시를 잡는데 쉬이 잡히지 않았다. 대로변으로 나와 십오 분이나 눈에 불을 켜고 돌아다녔지만 상황은 달라지지 않았다. 그래서 왜 이렇게 운이 나쁘지, 하며 조금 성질이 나기 시작했다.

그런데 저 멀리에서 택시 한 대가 '빈 차'가 아니라 '회송' 표시를 하고 이쪽을 향해 달려왔다. 뭐 이제 어떻게 되든 상관없어, 될 대로 되어라! 하는 기분으로 왼손을 들었다. 웬걸, 그 택시가 돌연 정차 램프를 밝히더니 내 눈앞에 멈춰 섰다. 뒷좌석 문이 열리는 사이에 안으로 들어가자 조수석 뒤통수에 큼직한 종이가 붙어 있었다.

'일기일회'[20]

그 말 옆에는 운전사로 보이는 사람의 사진과 프로필이 삼백 자 정도의 글로 정리되어 있었다. 이름은 M 씨. 그런 섬세한 자기소개는 처음 보았다. 아무래도 여행 작가 등의 직업을 거쳐서 택시 기사가 된 모양이다. 목적지를 전하자 차가 출발했다.

"회송이라고 되어 있던데 안 돌아가도 괜찮습니까?"

그렇게 묻자 나이가 대략 사십 대 초반으로 보이는 남성은 차분한 목소리로 답했다.

"기름을 넣으려고 했는데 시부야까지라면 괜찮습니다."

과연, 하고 고개를 끄덕이고 운전석 시트의 뒷면으로

20 一期一会. 일생에 단 한 번 만나는 인연.

눈길을 돌리자 거기에는 A4 사이즈 크기의 영화 포스터가 붙어 있었다.

「택시 드라이버」[21]

마틴 스콜세지(Martin Scorsese) 감독의 명작 영화로, 주연 로버트 드니로(Robert De Niro)가 주눅이 들어 보이는 표정으로 탱커스 재킷 주머니에 손을 찔러 넣고 거리를 배회하는 모습이 담긴 인상적인 포스터다. 하지만 자세히 보니 주머니에 손을 넣고 거리를 쏘다니는 인물은 배우 드니로가 아니라 얼굴만 따로 합성해 붙인 M 씨였다.

주연 항목에도 드니로가 아니라 M 씨의 이름이 적혀 있고, 그 옆에는 '사실은 드니로♪'라고 설명까지 달아 두었다. 감독 이름은 '마틴 스코시지'라고 쓰여 있었다. 웃긴다. 나도 모르게 웃음을 터트렸다.

"이 포스터 재미있네요."

---

21   Taxi Driver. 고독감과 좌절감으로 차츰 망상에 빠져드는 한 퇴역 군인의 모습을 통해 1970년대 미국 사회가 앓고 있던 베트남 전쟁의 후유증을 탁월하게 그려 낸 영화다.

"고맙습니다. 운전사 님이 영화에 나왔습니까, 하고 제게 물어보세요."

M 씨는 조수석에서 한 장의 종이를 꺼내 건네주었다. 그것은 진짜 「택시 드라이버」의 포스터였다. 자세히 보니 거기에도 '스코시지'라고 쓰여 있었다.

"어라, 스코시지?"

"이건 포스터에 나온 그대로예요. 옛날 일본에서는 '스콜세지'가 아니라 '스코시지'라고 불렸던 모양이에요."

아 그랬구나, 웃어 버린 내가 진심으로 창피했다.

보통 다이어트 광고 책자 따위가 놓여 있을 자리에 M 씨의 블로그 선전 전단지가 들어 있고, 온갖 격언이 적힌 종이가 차 안에 붙어 있었지만 M 씨 본인은 아무것도 어필하지 않고, 무엇이든 이러쿵저러쿵 설명하는 일 없이 이쪽에서 건네는 질문에 온화하고 간결하게 대답만 할 뿐이었다. 시부야역에 도착해서 요금을 지불하자 M 씨는 말했다.

"안녕히 가십시오."

문이 열리고 밖으로 나오자, 마치 나와 교대하듯이 포켓몬 일러스트가 인쇄된 큼직한 종이봉투를 몇 개나 든 영국인으로 보이는 노부부가 올라탔다. 기름을 안 넣어도 괜찮은지 조금 걱정이 되었다.

택시가 출발했다. 역시 도쿄는 재미있다. 또 언젠가 그와 만나고 싶다.

사람

이 년 전인 2013년 겨울. 나는 모리노미야 필로티 홀에서 열린 '쇼후쿠테이쓰루베 라쿠고 모임(笑福亭鶴瓶落語会)'[22]의 오사카 공연, 그 마지막 무대의 뒤풀이 자리에 있었다.

수술을 마치고 요양을 하던 시기로, 매일 재활 운동을 하며 기초 체력 향상에 힘쓰던 나를 쓰루베[23] 씨가 기꺼

22　라쿠고(落語). 일본 에도 시대에 성립하여 현재까지 계승되어 오는 만담과 야담 등 전통 화술을 선보이는 기예의 일종이다.

23　亭鶴瓶. 일본의 라쿠고가로 배우, 사회자, 코미디언 등 다방면에서 활약하고 있다.

이 오사카까지 불러 주었다.

"이제 다른 스케줄 없지? 오사카야. 마지막 공연에 가자. 날 따라와."

공연이 끝난 뒤 대기실로 인사를 하러 가자, 저렇게 말하더니 지인도 없이 혼자 온 나를 가까이 끌어당겼다.

수많은 스태프와 오사카 공연을 보러 온 관계자들 사이에서 불안해하는 나를 옆에 앉히고 쓰루베 씨는 술을 마시기 시작했다. 오늘의 레퍼토리를 만든 과정, 올해 들어 라쿠고를 더 본격적으로 시작한 경위, 부인과 함께한 재미있는 에피소드를 하나하나 풀어내며 무대와 별 차이 없는 어조로 주변을 웃기고 즐겁게 해 주었다.

취기가 돌자 자연히 나카무라 간사부로[24] 씨가 화제에 올랐다.

「괴물(化物)」이라는 노래가 있다.

2012년 말, 세 번째 앨범 「스트레인저(Stranger)」를 제작하고 있었다. 나는 한 곡의 가사를 쓰다가 막 조바심이

---

24   中村勘三郎. 일본의 가부키 배우.

나서 스스로 뺨을 퍽퍽 치며 너무 한심한 나머지 울부짖었다. 마감 기한을 훌쩍 넘긴 리코딩 당일에야 겨우 완성했고, 스튜디오에서 노래를 녹음한 직후에 지주막하 출혈로 쓰러졌다.

그때 녹음했던 곡이 「괴물」이었다. 가사는 2003년, 「인간 파산」[25] 무대에 출연했을 당시, 아직 선대의 이름을 계승하기 전 '나카무라 간쿠로(中村勘九郎)'였던 간사부로 씨에게서 들은 이야기를 바탕으로 썼다.[26]

"많은 사람들에게 박수갈채를 받으며 집으로 돌아오지만 막상 집에 와서 샤워를 하고 머리를 감으면 정말로 혼자야."

무대에 오를 때면 연기에 대해 진정으로 고민했다고 훗날 들었다. 그렇게 빛이 나고, 스태프와 출연자, 관객 전원에게 호감을 주고 사랑을 받던, 구김살이라고는 하

---

25 ニンゲン御破産. 마쓰오 스즈키의 연출과 각본으로, 막부 시대에 가부키 작가를 꿈꾸던 사무라이와 그를 둘러싼 인간 군상의 이야기를 그린 작품이다.

26 일본의 가부키 배우들은 보통 선대의 이름을 물려받고 '몇 대째 누구누구'하는 식으로 활동한다.

나도 찾아볼 수 없던 사람이었건만, 어째서 만족하지 못한 채 끊임없이 목표를 세우고 분투하며 마음속 깊이 고민하고 고독해졌을까? 그런 생각을 하면서 썼다.

목욕탕에 거품이 인다

마음속이 소란스럽다

누군가 이 목소리를 들어주오

지금도 고동친다

몸속에서 울리는

미쳐 울부짖는 소리가

내일을 데려오고

나락 밑바닥에서

괴물이 된 나를 차츰 끌어올린다

風呂場で泡立つ

胸の奥騒ぐ

誰かこの声を聞いてよ

今も高鳴る

体中で響く

叫び狂う音が

明日を連れてきて

奈落の底から

化けた僕をせり上げてく

　한심하지만 포기하지 못하는 나와 지금은 고인이 된 간사부로 씨에 대한 경의 그리고 동경을 잘 포개 놓은 가사다.

　몸조리를 마치고 복귀한 부도칸 공연에서 「괴물」을 첫 곡으로 불렀다. 부활을 실감하게 하는 가사가 관객한테는 진정 나의 노래처럼 울렸으리라. "호시노 씨의 부활을 예언한 노래군요." 취재진도 그렇게 말했다. 간사부로 씨가 "겐의 노래가 되어 줄게." 하며 다정한 선물을 준 것만 같았다.

　"간사부로는 진짜 바보야."

　쓰루베 씨는 간사부로 씨와 둘도 없는 친구이자 동료였다. 마지막 공연이 절정에 다다를 무렵, 생전 간사부로 씨가 했던 짓궂은 장난이나 온갖 문제에 관한 이야기로 분위기가 고조되었다. 연이어 폭소가 터졌다. 지금은 작고한 사람의 얘기로 이렇게 웃을 수 있다니! 참으로 드문 일이었다.

"인간은 죽으면 끝이야."

쓰루베 씨가 약간 거친 목소리로 말했다.

"간사부로처럼 대단한 녀석도, 그런 위업을 이룬 인간도 죽으면 다들 잊어버리잖아. 나는 그게 슬퍼."

나를 포함해서 주변의 객석 분위기가 살짝 바뀌었다. 쓰루베 씨의 눈에서 웃음기가 완전히 사라졌기 때문이다.

"간사부로가 죽은 지 고작 일 년이야. 그런데 봐, 다들 잊었잖아. 죽으면 끝이야."

흘깃 이쪽을 바라보았다.

"그래서 겐은 죽으면 안 돼. 이렇게 살아서 얼마나 다행인지."

활짝 웃었지만 그 새빨개진 얼굴은 조금 슬퍼 보였다.

그러고 나서 이 년이 흘렀다. 이듬해 라쿠고 모임에도 얼굴을 비추고, 한 달에 한 번 열리는 '무학 모임(無学の

슌)' 이벤트의 게스트로도 출연하며 교류의 끈을 놓지 않았다. 봄이 여름으로 접어들던 4월 말, 쓰루베 씨에게 전화가 왔다.

"겐, 지금 '쓰루베'에 올래?"

약 두 시간 동안 쉬지 않고 대본 없이 진행되는 무대, '쓰루베말씀(鶴瓶噺)' 말이다. 라쿠고 모임에는 다녀 봤지만 '쓰루베말씀'은 아직 보지 못했다. 가도 괜찮습니까? 라고 부탁하자 흔쾌히 허락해 주었다.

막이 오르자 무대에 쓰루베 씨가 손을 흔들면서 나타났다.

"졸리면 자도 괜찮아요, 언제든 화장실에 가도 괜찮고."

객석에 앉은 노인에게 말을 걸면서 쓰루베 씨가 시동을 걸었다. 최근 일 년간 모아 둔 개그 소재, 실제로 겪었던 재미있는 일화를 줄지어 말했다. 공연장에 온 관객 전부가 말도 안 되는 에피소드에 폭소를 터트리고 웃음을 참느라 쿡쿡거리는 사이, 공연 시간은 쏜살같이 지나갔다.

획

"올해는 내 은사님인 쇼후쿠테이 쇼카쿠(笑福亭松鶴)의 30주기라서 어르신(쇼카쿠)에 대해 말해 보려고 합니다."

곧바로 쇼카쿠 은사님의 일화를 늘어놓기 시작했다. 제자로 들어간 직후부터 텔레비전 스타가 된 쓰루베 씨와 다른 제자들의 형평성을 맞추기 위해서 단 한 번도 자신이 연습하는 걸 봐주지 않은 일, 그런데 스승님은 테이프에 녹음해 둔 자기 라쿠고를 받아 적도록 했고 그 덕분에 간접적이나마 가르침을 받았다는 것, 고주망태가 되어서 돌아온 스승을 자신의 후배가 우산으로 천지 분간못 하고 찔러 대서 웃겼던 일, 웃는 틈틈이 다양한 에피소드를 지어내며 마지막으로 이렇게 말했다.

"인간은 죽어도 끝나지 않습니다."

이 년 전에 했던 말이 뇌리에서 되살아났다.

"남은 자가 떠나간 사람을 기억하며 바통을 이어받으니까요. 그러니 인간은 죽어도 끝난 게 아닙니다. 그게 이번에 내가 하고 싶었던 말입니다."

그 말을 끝으로 쓰루베는 막을 닫았다.

"인간은 죽으면 끝이야."

"인간은 죽어도 끝나지 않아."

이 두 가지 말 사이에 얼마만큼의 상념과 후회와 분노와 결의가 있었을까? 돌아오는 길에 야마테도리를 걸으면서 혼자 그런 생각에 잠겨 울었다.

SUN

그는 늘 쓸쓸해 보였다.

무대의 나락에서 슈퍼 점프하여 관객 앞으로 날아오르면 폭음으로 울려 퍼지는 파열음, 불과 연기의 특수 효과와 함께 수만 명의 관객이 절규한다. 실신한 팬이 차례로 콘서트장 관객석에서 실려 나갔다. 음악은 아직 울리지 않았다. 사람들의 절규, 그것만이 들렸다. 그는 미동도 하지 않고 몇 분이나 움직이지 않았다. 인트로 반주가 울리기 시작하자 리듬에 맞춰 춤추기 시작했다. 노래를 부르기 시작하자 수만 명이 따라 불렀다. 콘서트장이 흔들렸다. 압도적인 퍼포먼스. 하지만 그의 얼굴 저편은 늘 쓸쓸해 보였다.

　사이타마현 가와구치시 시바, 낡고 작은 임대 주택. 현관이 있는 1층 절반은 망한 스낵바였는데, 이젠 창고로 쓰이고 있었다. 다다미 일곱 장 크기의 거실 벽 쪽에 서 있던, 아버지가 직접 만든 책장에는 작은 브라운관의 텔레비전이 들어가 있었다. 그 속에서 마이클 잭슨이 땀을 흘리고 노래하고 춤추고 문워크[27]를 하고 있었다.

　그 무렵 나는 쓸쓸했다. 초등학교 저학년의 교실 안에서 잘 어울리지 못했다. 사람을 너무 좋아한 나머지 집요하게 말을 걸다가 모두를 질리게 했다. 그걸 어느새 정당화하듯이 '나는 사람을 좋아하지 않아.'라고 거짓 설정을 지어내고, 말수가 없는 소년이 되었다.

　마이클 잭슨의 댄스, 그 무대 공연, 근사한 노랫소리, 즐거운 음악, 애달픔 그리고 왠지 모르게 눈동자 깊숙이 느껴지는 쓸쓸한 분위기에, 주제넘게도 마음이 무거워져

27　Moonwalk. 댄서가 앞쪽으로 스텝을 내딛는 듯 보이지만, 실제로는 뒤쪽으로 움직이는 안무다. 마치 컨베이어 벨트 위에서 걷는 것 같은 인상을 준다.

서 그의 모든 것에 푹 빠져 버렸다.

그의 음악은 길거리에서 흘러나오는 서양 음악, 그때 유행하던 일본 음악과는 드럼 소리에서부터 극명하게 달랐다. 졸린 눈에 찬물을 끼얹은 듯이, 구부정한 등을 힘껏 때리듯이 정신을 번쩍 차리게 하는 자극적인 비트. 그러나 듣고 있노라면 귀가 따갑기보다 내면에 잠들어 있던 피가 기분 좋게 부글부글 끓어오르는 것 같고, 음악이 깊은 잠에서 깨어나는 듯한 느낌이었다.

그로부터 이십오 년이나 흘렀다.

나는 어른이 되었다. 더는 쓸쓸해하지 않았고 사람을 아주 좋아하게 되었다. 마이클은 황망히 천국에 가 버렸고, 나는 음악가가 되었다.

새 노래의 주제는 일 년쯤 전에 이미 정했다. 1970년대 말부터 1980년대 초기의 댄스 클래식,[28] 모타운,[29]

---

28 Dance classic. 1970년대 후반부터 1980년대 전반에 걸쳐, 당시 디스코 클럽에서 유행하던 음악을 가리킨다.

29 Motown. 미국 역사상 가장 영향력 있는 독립 레코드 회사로서, 솔 뮤직을 확립했다.

R&B(Rhythm and blues), 솔 뮤직(soul music)을 일본의 팝으로서 정립하는 것. 일 년 전 이맘때 거의 같은 콘셉트의 「벚꽃 숲(桜の森)」을 완성했다. 아주 좋아하는 노래지만 딱 한 가지 마음에 걸리는 게 있다. 바로 팝의 경지에는 오르지 못했다는 느낌.

내가 지금 만들고 싶은 음악에 필요한 것, 이를테면 되도록 그 자리에 머물러 있는(stay) 감각이다. 곡의 구성을 대폭 변화시키거나 뻔하게 고조시키면 안 된다. 단조로운 비트의 반복 속에서 멜로디와 코드 진행이 여러 층으로 겹치며 듣는 사람의 내면에서 고조되는 노래를 만들고 싶다. 이것이 바로 내가 수많은 솔 뮤직에서 느꼈던 '그 자리에 머문다는 감각'이다.

그런데 일본의 선배들이 만들어 낸, 세계 어디에서도 찾아볼 수 없는 우리 특유의 팝, 즉 J-POP은 내면뿐 아니라 표면적으로도 고조되지 않으면 팝(POP)으로서 인정받지 못한다.

한자리에 머무는 감각도 소중하지만, 고조되고 드라마틱한 요소, 일본의 사비[30]가 나는 너무 좋다. 용기를 얻고 힘이 나고 감동한다. 블랙 뮤직도, J-POP도 둘 다 좋아하기에, 어느 쪽이든 적당히 하고 싶지 않았다.

이렇듯 다양한 음악 장르의 균형을 맞추는 데에, 결과적으로 약 일 년이나 걸리고 말았다. 팝인데 허리가 움직인다. 댄스 클래식의 향기가 나는데 사비가 있다. 그런 노래를 만들고 싶어서 새삼 마이클과 다른 솔 아티스트의 비트, 드럼 박자를 연구했다.

가사도 어렵기보다 알기 쉽고 밝은 내용이 좋다. 의미가 없을 정도로 해맑은 것. 이 세상에서 의미를 알 수 없을 정도로 가장 밝은 것은 뭘까?

태양이다. 만물에 빛을 비추고, 생명을 주고, 눈부시게 빛나면서도 누구나 그 실체에 범접하지 못한다.

마이클 잭슨을 닮았다. 전 세계에 힘과 희망과 음악을 발산하면서도 외톨이였고, 어느 누구도 그의 마음속까지는 다가가지 못했다. 제목은 「선(SUN)」이 되었고, 가사 속에 마이클 잭슨을 둘러싼 개인적인 상념을 남몰래 담

---

30 サビ. 대중 가요에서 흔히 나타나는 클라이맥스 부분을 가리킨다.

았다.

Hey J.

늘 혼자서

노래하고 춤추고

Hey J.

いつでもただ一人で

歌い踊り

J는 잭슨의 머리글자며 '자유'[31]의 머리글자이기도 하
다. 듣는 사람에 따라 저마다 자유롭게 의미를 부여하면
그만이라고 생각했다.

너의 노래를 들려줘

깊은 어둠에도 달 위에도

31   自由. 우리나라 말로도 J가 머리글자인데, 일본어로는 '지유'라고 읽는다.

모든 것은 생각대로

君の歌を聴かせて

深い闇でも 月の上も

すべては思い通り

TV 아사히 「뮤직 스테이션」에 출연했을 때, "달 위에
도(月の上も)" 부분을 노래하다가 문득 마이클이 생각나
서 문워크를 췄다. 아니, 했다. 브라운관에서 마이클을
마주했던 그날과 지금 이 순간이 연결된 듯했다.

어느 날

눈은 감은 채였다.

지금 몇 시지.

어젯밤 잠들기 전에 침실 등을 껐을 때, 매어 둔 차광 커튼 가운데 부분이 베란다 쪽에서 새어 들어오는 가로등 불빛으로 새하얗게 빛났다. 지금은 닫힌 눈꺼풀 저편으로 따뜻한 색채의 빛을 느낀다. 6월 말, 머리맡에 있는 커튼 맞은편에는 장마의 끝자락이라고 착각하게 할 만큼 상쾌한 푸른 하늘이 펼쳐져 있으리라.

이대로 일어날까, 더 잘까.

어제는 온종일 「LIFE!~인생에 바치는 콩트~」를 녹화했다. 아침 9시 반부터, 말 그대로 몸을 내던져야 하는 콩트에 출연했다. 어깨부터 바닥에 처박히는 동작을 해야 했다. 점심을 먹을 때에는 어깨 근육이 천 갈래 만 갈래로 찢기는 느낌이었다. 밤 10시에 이르러 촬영을 겨우 마치고 다시 체육관에 가서 몸을 단련했다. 단골 메밀국숫집에서 늦은 저녁을 먹고 밤늦게 집에 돌아와 영화 한 편을 감상했다. 그러고 잤다.

늘어진 뱃살을 움켜잡았다. 잠에 취한 멍한 의식이 고통을 느꼈다. 복근, 어깨, 견갑골 부근에 근육통이 일었다. 입고 있던 티셔츠는 벌써 흠뻑 젖어 있었다. 아직 더 자고 싶지만 목덜미에서 어깨까지 푹 젖어서 찜찜했다. 다시 잠들기에는 뛰어넘어야 하는 장벽이 조금 높았다.

바로 누운 상태에서 몸을 돌려 왼손을 침대 아래로 내리고 엎드렸다. 그러고는 알람 시계를 손에 쥐었다.

잠든 때가 오전 5시쯤이었나. 오후 1시가 지났으면 여덟 시간은 잔 셈이니까 이대로 일어나면 된다. 여덟 시간도 눈을 못 붙였다면 억지로라도 더 자야지. 실눈을 뜨고 시계를 보았다.

11시 37분이었다.

눈을 번쩍 떴다. 예상보다 이른 시각. 뭐 좋다. 여섯 시간은 잤다. 몸을 일으켜 침대에서 내려와 갈색 커튼을 기세 좋게 열어젖혔다. 구름 사이로 푸른 하늘은 보이지 않았다. 가랑비가 내리고 있었다. 방금 전 장마가 갰으리라는 예감은 과연 무엇이었을까?

화장실에 가서 이를 닦았다. 스마트폰으로 유튜브 애플리케이션을 열고 아무 음악이나 틀었다.

요즘 거실에 있는 CD 진열장보다 인터넷으로 스트리밍 되는 유튜브와 더 가깝게 지낸다. '음악이 듣고 싶다'는 생각이 든 순간부터 노래를 틀 때까지, 아무래도 스트리밍 서비스가 가장 빠르다. 이유는 모르겠다. 하지만 이 감각을 인정하는 것이야말로 앞으로 음악을 하는 데에 아주 중요한 요소라고 생각한다.

"나는 음악가니까 음질이 좋은 아날로그 레코드판이나 CD, 고해상도 음원(High Resolution Audio)의 음악만을 들어야 해."

라며 자신의 기분을 멋대로 뭉개서는 안 된다.

요즘 시대의 음악과 마주하기 위해서는 듣는 사람으로서의 자기 감각에 솔직해지는 수밖에 없다. 이 세계에서 음악가를 자처하고 또 일을 할 거라면 더욱 그렇다. 어떻게 듣던 그것이 음악임에는 변함이 없다. 뭘로 들어도 음악은 즐겁다. 어떤 환경에서든 모두 똑같이 즐길 수 있는 음악을 선보이는 사람이 되고 싶다.

이를 다 닦고 바나나 한 개를 먹었다. 오렌지 주스를 마셨다. 늘 '이를 닦기 전에 먹으면 좋으련만!' 하고 생각하면서도 역시 찜찜하다. 과일을 먹고 우선 몸을 움직이면서 컴퓨터를 켜고 이메일을 체크하고 답장을 보낸다. 그러는 김에 자주 가는 게임 정보 사이트, 애니메이션 정보 사이트, 동영상 사이트를 한 바퀴 둘러본다. 봐도 그만 안 봐도 그만인 동영상을 본다. 정신을 차려 보니 오후 2시가 넘었다.

우산을 쓰고 근처 카페에 갔다. 가랑비가 어느새 굵어졌다. 노트북으로 며칠 전 받았던 잡지 인터뷰 원고를 손보고, 이번에 나올 졸저의 문고판 원고를 교정하면서 '진저 포크'라는 이름의 생강구이 정식을 먹었다. 커피를 두

잔 마셨다. 볼일이 생겨 계산을 마치고 카페를 나오면서 화장실에 들렀다.

그대로 길 위에서 택시를 잡고, 8월에 부도칸에서 열리는 단독 콘서트 「호시노 겐의 나 홀로 에지(星野源のひとりエッジ)」의 리허설을 하러 갔다. 세트 리스트와 막간에 흘러나오는 영상에 관해 아이디어를 논의하고, 연습 삼아 열 곡쯤 불렀다.

몇 시간이 지나고 오후 8시가 넘었다. 목소리가 갈라졌다. 돌아오는 길에 단골 메밀국숫집에 들러서 저녁을 먹었다. 이어폰을 끼고 문화 방송 앱 라디오를 들으면서 터벅터벅 집으로 돌아왔다.

문을 열고 손을 씻고 양치를 하고 거실로 가서 플레이스테이션 4를 켰다. 「핫라인 마이애미」[32]라는 게임을 즐겼다. 패미컴 게임처럼 해상도가 낮은 엉성한 화면 속에서 깜찍한 마피아를 잔뜩 해치웠다. 다양한 무기가 나오

---

32 Hotline Miami. 덴나톤 게임스가 제작한 2D 액션 게임이다. 1989년의 마이애미를 무대로, 재킷과 바이커 두 주인공이 전화로 지시받은 임무를 하나하나 수행하는 방식의 게임이다.

고 피가 낭자하는 '폭력단 난입판 팩맨'[33] 같은 게임이다.

머릿속이 텅 빈 순간에 작곡을 시작한다. 기타를 치고 노래하고 아이디어를 짜낸다. 새벽 4시 무렵에야 일단락된다. 당황해서 샤워를 했다. 오늘은 낮부터 잡지 표지 촬영이다. 머리카락을 말리고 침대에 누워 눈을 감았다.

즐거운 하루였다. 잠에 빠질 때쯤 퍼뜩 떠올랐다. 《다빈치》[34]에 연재하는 칼럼 「생명의 차창에서」의 마감이 바로 오늘이었다.

한 줄도 쓰지 않았는데……. 벌떡 일어나 어둠 속에서 노트북을 켰다. 노트북이 켜지길 기다리는 동안에 기지개를 켜고 문득 커튼을 보았다. 끄트머리에서 희미하게 푸르스름한 빛이 올라왔다. 그러고 보니 어제도 자기 전에 이런 느낌이었지.

그리고 첫 줄을 쓰기 시작했다.

33　Pac-Man. 캐릭터 팩맨을 움직여서 네 마리의 몬스터를 피해 미로 속의 모든 쿠키를 먹는 게임이다.

34　ダ・ヴィンチ. 일본의 문예 잡지로, 이 책의 글이 연재된 지면이기도 하다.

눈을 감은 채로.

지금 몇 시지.

문장

"호시노 씨는 왜 글을 씁니까?"

조그만 노트에 메모를 하면서 인쇄해 온 질문지를 양손에 들고 노트북을 옆구리에 낀 채 인터뷰를 취재하러 온 사람들이 표정을 반짝반짝 빛내면서 그렇게 물었다.

정말로 좋은 질문을 기대할 때도 있지만, 일이니만큼 무례하게 굴지 않으려고 흥미가 있는 양 연기할 때도 있다. 어느 쪽이든 정말로 감사하다.

"배우로, 음악가로 무척 바쁜데도 집필 활동을 하는 이유가 뭡니까?"

에세이에 푹 빠진 것은 열여섯 살 때였다.

마쓰오 스즈키[35] 씨의 『어른 실격(大人失格)』 그리고 미야자와 아키오[36] 씨의 『소에게 가는 길(牛への道)』, 명작으로 널리 알려진 이 두 권의 에세이집을 읽은 것이 계기였다. 학교의 조그만 연극 동아리에서 활동하던 시기, 무대에 올릴 만한 희곡을 찾으려고 서점에 들렀을 때, 우연히 연극 코너에서 문학책을 읽고 난생처음으로 배꼽을 잡을 만큼 웃었다.

어린 시절부터 독서에는 별 취미가 없었다. 가벼운 느낌으로 읽을 수 있는 만화만큼은 아주 좋아해서 언제까지나 붙들고 있었지만, 수필이나 소설 등은 읽다가 반드시 딴생각을 하게 되고 도중에 넋이 나간 채로 몇 쪽을 넘기다가 정신을 차려 보면, 마치 지방 철도에서 졸다가 생판 모르는 역에 도착해 있을 때처럼 어느덧 홀로 미아가 되어 있었다.

하지만 저 에세이 두 권만은 마지막 페이지까지 내 손

35   松尾スズキ. 일본의 영화배우이자 작가로 저자와 같은 기획사에 소속되어 있다.
36   宮沢章夫. 일본의 극작가이자 연출가이다.

을 꼭 붙잡고 책 속의 종착역까지 데려다주었다.

'두 분을 동경해서 글쓰기를 시작하게 되었습니다.' 그렇게 대답할 때가 가장 많다.

"근사하네요!"

글에 대해 묻는 사람은 책에 관해 말해 주면 아주 좋아한다. 그래서 거짓말도 아니니 그렇게 대답하려고 애쓴다.

하지만 또 다른 이유가 있다.

사실 이쪽이 더 본격적으로 글을 쓰게 된 이유다. 취재하는 입장에서는 시시하게 들릴지도 모르기에 섣불리 말하지 못했다.

메일을 쓰는 솜씨가 형편없었다.

괴멸적이었다. 센스라고는 눈 씻고 찾아봐도 없었다. 지금 선뜻 떠올려 봐도 명치가 욱신거릴 정도로 괴롭다. 내 메일은 저주의 스팸 메일보다 달갑지 않았으리라고 회고한다.

이십 대 초반, 처음으로 내 컴퓨터를 장만하고 인터넷 메일을 시작했을 무렵 썼던 글을 검색해 보았다. 굳게 닫힌 문을 여는 심정으로 조심스레 엔터키를 누르자 거기에는 지금과는 전혀 다른 내가 있었다.

"알겠삼~"

역겹다는 게 이런 것인가.

글자를 잘못 쓰거나 키보드를 잘못 친 게 아니다. 예전의 나는 '했습니다'를 '했삼'이라고 쓰는 걸 재미있다고 여겼던 모양이다. 어느 메일을 보나 알을 사십 개쯤 품은 바퀴벌레를 산 채로 삼켜 버린 듯 구역질이 나고 언짢은 글뿐이었다.

"왜 이런 글을 썼을까?"

그 당시에도 송신 버튼을 누르자마자 곧장 후회하면서도 메일 화면을 열 때마다 절망했다. 센스가 없음은 물론, 아무리 정중하게 글을 썼더라도 결과는 늘 상대에게 전하고 싶은 말을 절대로 전하지 못하는 '언어화 능력 부재'의 압도적 승리였다.

하고 싶은 말과 실제로 써내는 말이 어쩐지 다르다는

사실을 일찍이 알고는 있었지만, 달리 방법이 없어서 닥치는 대로 송신 버튼을 누를 수밖에 없는 서글픔.

하지만 세월의 흐름에 따라 할 일이 늘어나면서 메일의 필요성도 점점 커졌다. 아무리 메일을 보내고 고민하고 다시 써 봐도 글솜씨는 단번에 늘지 않았다.

그럼 일로 글을 써 볼까?

억지로라도 일을 해 보면 타인의 눈길을 끌 테고, 서툰 글이라면 편집하는 분이나 세간으로부터 따끔한 반응이 오리라. 강제적으로 절차탁마할 수 있다. 만약에 글솜씨가 나아져서 언젠가 누군가에게 칭찬을 받는다면 그것이야말로 실천이 감각을 능가하는 순간이 되리라고 생각했다.

개인적으로 알고 지내던 편집자 몇 사람을 만나서 뭐라도 좋으니까 글을 쓰게 해 달라고 부탁했다. 그러자 감사하게도 잡지 한 구석에 칼럼을 쓸 수 있게끔 자리를 마련해 주었다.

하지만 글을 써도 조금도 즐겁지 않았다. 내 부족한 감각과 계속 마주하지 않으면 안 되었기 때문이다. 납득이

알겠삼~

되지 않아도 마감이 닥치면 글을 제출해야 한다.

이럭저럭하는 사이에 주어진 지면의 글자 수가 점점 늘어나서 어느샌가 내 책이 나오게 되었고, 지난 몇 년 동안 꾸준히 글을 쓴 결과 이제는 내 생각을 글로 마음껏 표현할 수 있게 되었다.

메일을 쓰는 일도 고달프지 않게 되었다. 어떤 사안이든 시간을 들여 정성껏 전할 수 있어서 오히려 말로 소통할 때보다 자유를 느꼈다.

지금은 글 쓰는 일이 굉장히 즐겁다.

언젠가부터 만화도 보지 않게 되었고 소설이나 수필을 읽을 때가 많아졌다. 활자로만 이루어진 세계지만 놀라울 정도로 현실적인 인간미를 느끼고, 종이 속에서 전 세계를 여행하며 낯선 장소에 가 있는 듯한 착각에 빠지거나 여러 사람의 마음속을 간접 체험해 보는 재미도 깨우쳤다. 상상력의 모터가 풀가동하는 즐거움, 독서의 쾌감을 맛볼 수 있게 되었다.

문필가로서 에세이를 쓰는 일, 눈으로 본 풍경과 내면의 풍경을 묘사하는 일이 내게도 일종의 치유 과정이 되었다.

나는 무엇을 보았는가? 어떤 풍경을 보고 마음이 움직였는가? 그 마음의 움직임은 어떤 모습이었는가? 거기에서 무엇을 생각했는가?

아무리 하잘것없는 일이라도 그것을 글로 잘 표현할 수 있을 때 마음속이 깨끗하게 정돈되었다. 이제 막 청소한 욕조에 들어가 말끔히 몸을 씻어 낸 것처럼 기분이 상쾌해졌다.

"호시노 씨는 왜 글을 씁니까?"

솔직히 '이처럼 기분이 아주 좋기 때문입니다.'라고 대답하고 싶지만 설명이 길어지므로 마쓰오 씨와 미야자와 씨를 동경해서, 라고 계속 대답할지도 모르겠다.

앞으로의 과제는 더 간결하면서도 자유롭게 떠들되 상대에게 진심을 그대로 전할 수 있는 글을 쓰는 것이다.

HOTEL

이어폰을 낀 채 노트북을 열고 며칠 전 리코딩한 곡을 들으면서 작사 작업을 하고 있노라니 어디에선가 성냥이 타는 냄새가 났다.

어느 호텔의 꼭대기 층 바에 있었다.

밤 12시가 가까웠음에도 호텔 면적의 절반가량을 차지하는 큼직한 공간은 거의 만원이었고 수많은 손님으로 북적였다.

오렌지 주스를 마시면서 이 주일 후에 열리는 콘서트의 연출 아이디어를 다듬다가 아무래도 막혀서 차라리 가사를 쓰기로 마음을 고쳐먹은 참이었다. 전면적으로 흡연이 가능한 공간이라서 시야는 늘 담배 연기로 부옜고 이따금 눈이 따끔거렸다.

내 노래지만 아직 녹음도 하지 않은 최신곡이 귓가에 들려왔다.

리코딩을 좋아한다.

집에서 작곡한 곡을 스튜디오로 가져간다. 어린 시절, 용돈을 모아서 산 플라스틱 모델의 상자를 열 때 느끼던 감각과 흡사하다.

플라스틱 모델 부품이 전부 갖춰져 있다. 이제 조립만 남았다. 잘 정돈된 접착 면, 배색의 균형, 전부 내 마음대로다. 눈앞에 펼쳐진 가능성에 가슴이 설렜다.

연주자들이 연주를 시작하면 음악의 모습도 점점 변한다. 일부 사운드는 일정하지 않아서 늘어날 때도 있고, 부족할 때도 있다. 하지만 그것을 그 순간의 애드리브로 채우고 연출하고 잘 발전시킬 수 있다면, 상자 겉면에 그려진 일러스트보다 잘빠진 플라스틱 모델이 완성되듯이 흥미로운 음악을 만들어 낼 수 있다.

아직은 이 음악이 어떻게 될지 아무도 모른다.

이어폰을 빼자 바텐더가 칵테일을 만드는 소리와 다양한 어른들, 일본인과 외국인, 커플이 즐거운 듯 떠드는 소리, 피아노로 연주되는 재즈 스탠더드가 뒤섞여 소음의 소용돌이를 이루었다.

어린 시절, 집 안에서는 늘 재즈 레코드가 돌고 부모님은 담배를 피웠다. 재즈 바와 조그만 라이브 공간에도 자주 데려가 주었다.

투어를 돌 때 머무는 호텔 방과 신칸센 좌석이 흡연실이라면 실망했지만 이런 사교장에서는 담배 연기가 아무리 자욱해도, 심지어 거기서 재즈가 흘러나오면 부모님에게 사랑받던 어린 시절 기억이 부쩍 떠올라서 안심이되고 마음이 따뜻해진다.

"겐, 잠들었나 봐"

눈을 감고 있으면 엄마의 목소리가 들렸다.

잠든 척하는 게 좋았다. 부모님이 자기 아이에게서 해방되어 나누는 대화를 엿듣는 게 좋았다.

초등학교 저학년, 활기찬 아이였으나 밤이 되어 놀기에도 이슥한 시간이면 살짝 졸려서 눈을 감는다. 그러면 부모님은 "아, 잔다." 하며 마침내 나를 신경 쓰지 않고 이야기를 시작했다.

"겐이 요전에……."

종종 나를 화제로 삼아 대화가 무르익으면 내심 기뻤다. 투명 인간처럼 이쪽을 의식하지 않고 나누는 아빠와 엄마의 대화, 그곳에 함께 온 친구분들 사이에서 오가던 취미에 관한 담소나 차와 커피, 재즈 가수, 아니타 오데이[37]의 앨범, 해외 영화에 대한 이야기 등 어린아이는 자기가 모르는 대화를 엿듣는 게 즐거웠다.

투명 인간이 되고 싶었다.

아무에게도 들키지 않고 뭔가 재미있는 장난을 쳐서 모두를 놀래 주고 싶었다.

수업 중에 좋아하는 여자애 책상 위에 벚꽃 잎을, 마치 창밖에서 우연히 들어온 것처럼 가져다 놓고 싶었다.

3층 베란다에서 내 책가방 안에 든 소지품을 죄다 떨어트리고 웃으면서 가져오라고 을러댔던 남자애의 콧구

37   Anita O'Day. 미국의 재즈 가수.

멍에 끝이 뾰족한 연필을 안쪽까지 있는 힘껏 찌르고 싶었다.

마시는 요구르트 종이 팩에 달린 빨대처럼 머릿속 끝까지 파고든 뾰족한 2B 연필. 기억을 관장하는 소뇌가 파괴되면 몸은 오작동을 일으키고, 코피를 줄줄 흘리면서 영문도 모른 채 비명을 지르지도 못하고 유쾌하게 춤추듯이 움직이다가 죽어 간다는데…… 그런 상상을 하며 빙그레 웃었다. 그 당시에는 말이다.

「시무라 겐의 괜찮다」[38]에서 선보인 투명 인간 콩트 중 여탕에 몰래 들어가는 장면을 보고 나서 어린 나이에 비슷한 망상도 해 보았다.

대중목욕탕에 별로 가 본 적이 없던 나는 텔레비전을 보면서 미녀들을 상상했다. 어려서 그랬는지 은밀한 장소를 둘러보고 싶었다. 그런 투명한 자신을 공상하며 다시금 빙그레 웃었다.

하지만 뭘 하든 아무도 나를 발견하지 못하는 상태가

---

38   志村けんのだいじょうぶだぁ. 후지 텔레비전에서 방영되었던 코미디 프로그램이다.

투명 인간인지라 아무리 상상의 나래를 펼쳐도, 현실에서 동떨어져도 역시 결국에는 쓸쓸한 기분이 되었다.

쓸쓸해지면 누워서 몸을 뒤척이거나 일부러 잠꼬대처럼 웅얼거려서 부모님의 주목을 끌곤 했다. 그걸 눈치채고 부모님은 살짝 웃으며 토닥토닥 어루만져 주었고 나는 그제야 안심했다. 그리고 마지막에는 늘 그렇듯이 정말로 잠이 들었다.

다음 날 아침, 부모님 품에 안겨 차에 탄 일, 집에 도착해서 부모님이 내 옷을 잠옷으로 갈아입혀 준 일을 어슴푸레하게 기억해 내며 잠에서 깨어나면 조금 아쉽고 쓸쓸하지만, 마음속에 즐거움만이 고스란히 남은 듯한 신기한 기분이 들었다.

어느새 피아노 라이브 연주가 끝났다.

손님은 절반가량 줄어 있었다. 가사는 달랑 두 줄 썼다.

컴퓨터를 닫고 남은 주스를 다 마시고 높은 의자에서 내려와 계산을 한 뒤 엘리베이터를 타고 방으로 향했다.

ROOM

호텔 방의 문을 열면 어두운 실내에 도쿄의 야경이 와락 밀려 들어온다.

창문에 코를 대고 거리를 내려다보면 역 근처의 광고 게시판은 심야에도 눈부시게 빛나서, 멀리 떨어져 있는 데다 고층에 통유리를 덧댄 방인데도 환하게 부셨다.

아주 최근에야 야경 자체를 즐기게 되었다. 그 전까지는 드라마에 나오는 커플들이 야경을 즐기는 모습을 봐도 당최 무엇이 좋은지 잘 알지 못했다.

밤 12시가 지났는데도 누군가 일하는 회사의 창문. 가족 모두가 조용히 잠들었을 맨션의 창문. 에어컨 실외기

밖에 없는 공간에 당당히 비치파라솔을 둔 아파트 옥상. 한 면에 흙을 깔고 식물을 길러서 아름다운 채소밭을 조성해 둔, 언젠가 음침한 폭행 사건이 있었던 상업 빌딩 옥상.

상상하는 게 좋다.

밤의 일상에서 시야는 어둠에 차단되지만 그 대신 상상력이 부풀어 오르고, 이 거리 안에서 수백만 명, 수천만 명이 정말로 살고 있다, 라는 묘한 실감이 난다. 왜 그런지 모르겠지만 눈이 어둠에 잠겨야 비로소 세상이 잘 보인다.

목구멍에서 손이 나올 만큼 간절히 여행하고 싶은 기분을 시내 호텔에 머물며 얼렁뚱땅 넘기고 있다. '아무것도 하지 않기' 위해서 휴대 전화도 놔두고 이 주일쯤 남쪽 섬으로 훌쩍 떠나고 싶지만 도무지 그럴 여유가 없다.

올해 들어서 작업 방식이 전부 바뀌었고, 주변 스태프들도 여태까지 본 적이 없을 정도로 내 몸 상태를 우선시하며 신경 써 주었다. 진심으로 감사하다. 내가 얼마큼 일을 좋아하는지 속속들이 이해해 주고 "몸은 편하게,

일은 제대로."라는 아슬아슬한 균형을 늘 잘 맞춰 준다.

　물론 밖에 나가지 않아서 좋은 날도 있다. 창작물은 대부분 집에서 탄생하니까. 그래서 그런 상황을 노리고 호텔에 묵고 있기에 결국 기타와 컴퓨터를 객실에까지 들여와 작곡을 하고 원고도 집필하였다. 호화롭기 짝이 없는 셀프 감금이다.

　창문에서 스며 들어오는 거리의 등불은 충분히 밝다. 조명을 켜지 않고 기타 케이스를 열었다. 녹음기를 세팅하고 작곡을 시작했다. 옆방에 폐가 되지 않도록 음량을 최대한 줄이지 않으면 안 된다. 딩가딩가 코드를 울리며 콧노래를 읊조린다. 음보는 읽지 못하고 쓰지도 못해서 늘 녹음으로 기록한다. 음을 울리고 노래한다. 그것을 되풀이할 뿐이다. 좋은 멜로디가 나왔다고 해서 폴짝폴짝 뛰며 기뻐하지 않는다. 미동 없이 승리 포즈도 취하지 않는다.

　머릿속은 그저 방황하고 있다.

　세상이 있고, 공기가 있고, 냄새가 있다. 그 영상과 정경, 이야기를 소리로 바꿔 보고자 노래를 짓는다.

펼쳐 둔 오선지에 코드를 적노라니 문득 창밖에서 반짝 빛이 났다.

유리는 두껍고 바람 소리도 들리지 않아서 밤이 되면 날씨가 어떤지 알기 어렵다. 낙뢰인가, 하고 다시 창문에 코를 대면 구름이 있긴 해도 컴컴한 하늘이 훤히 보이고 달도 떴다.

다시 한 번 반짝 빛이 났다. 하늘에서 반짝이는 빛이 아니라 아래쪽에서 나는 것 같다. 이 호텔 높이의 절반쯤 되는 빌딩의 좁다란 옥상에서 작고 날카로운 빛이 퍼졌다.

그 빛은 발광하는 곳을 시작점으로 해서 늘 천천히 숫자 8을 그리듯이 방향을 바꾸는데, 대략 몇 분 간격을 두고 이 방의 창문을 통과해 들어왔다.

빛이 나는 곳 주변이 어두운 데다 장소도 멀어서 무슨 일이 일어나는지 알 수가 없다.

방의 조명을 끄고 텔레비전 옆에 있는 작은 서랍을 열었다. 그 안에는 오페라글라스가 들어 있었다. 이 호텔에는 어느 객실에서든 야경을 즐길 수 있게끔 모든 방 안에

상비되어 있는 듯하다. 예전에 묵었을 때 이것을 발견하고는, 가까운 곳 어디든 마음껏 내다볼 수 있지 않을까, 생각했었다.

다시 불을 끄고 창문에서 빛이 나오는 방향으로 오페라글라스를 갖다 댔다. 옥상에 초점을 맞추자 그 빛의 정체가 드러났다. 둥근 손거울이었다.

거울은 낡은 유럽 가구 의자 등받이에 검정 테이프로 돌돌 감겨 있었다. 의자가 흔들렸고 그 대각선 앞에는 영화 프로젝터로 보이는 물건이 있었다. 거울과 프로젝터 사이에는 큼직한 돋보기가 다른 의자에 동여매여 있었다.

옥상 입구 옆 벽면의 콘센트에 전원을 연결해서 프로젝터를 가동하고 돋보기로 그 빛을 한데 모았다. 그것이 거울에 반사되어서 이쪽으로 날카롭게 빛났다.

의자 아래로 오페라글라스를 향하자 긴 머리카락의 소녀가 무릎을 꿇고 고개를 숙이면서 두 손으로 의자 다리를 붙잡고 천천히 움직여 대고 있었다. 흰색의 얇은 반소매 블라우스를 입고, 옷자락을 청바지에 아무렇게나 쑤셔 넣었다.

주변에는 아무도 없었다. 혼자서 그러고 있었다. 하지만 견갑골이 솟아난 등이 즐거운 듯 보였고, 뭔가 목적이 있는 듯 싶었다. 그 고독은 한밤중에도 확실히 숨을 쉬는 것 같았다.

왜 이런 짓을 하는 걸까? 라고 생각하지는 않았다.

소녀는 처음부터 존재하지 않았고 거울도, 프로젝터도 없었기 때문이다. 어찌 된 영문인지 옥상에 다리가 하나밖에 없는 의자가 뒹굴고 있다. 그저 그뿐이다.

이렇게 일상적으로, 나도 모르게 망상에 빠져드는 경우가 자주 있다. 멍하니 넋을 잃고 있을 때면 대체로 이런 생각을 한다. 나는 자동차 운전면허를 따서는 안 되는 사람이라고.

정신을 차리고 오페라글라스에서 눈을 뗐다. 창문으로부터 벗어나 기타를 들고 테이블 앞에 앉았다.

근데 처음에 반짝 빛나던 것은 뭐였지. 그렇게 생각하면서 작곡을 이어 나갔다.

부도칸과 아저씨

이틀간 열렸던 부도칸[39] 콘서트가 끝났다. 즐거웠다. 무려 2만 6000명 앞에서, 360도를 둘러볼 수 있는 중앙 무대에 서서 밴드도 없이 혼자 노래했다.

2만 명을 수용하는 공간에서 단독 콘서트를 열고 나니 아무래도 '해냈다는 성취감'이 이벤트 전체의 주제가 되어 버렸다. 하지만 이번 목표는 가혹한 라이브가 아니었다. 콘서트장에 온 관객 한 분 한 분과 개인적으로 마주하고, 같은 시간, 같은 공간에서 노래하고 있다는 사실을

39 　武道館. 유도, 합기도, 검도, 가라테 등 운동 경기에 쓰이는 실내 경기장이다. 공연장으로서도 널리 사용된다.

더 실감하기 위해서 마련한 '단독 콘서트'였다.

관객이 지겨워하지 않고 즐긴다면 그걸로 충분하다. 전체 네 부분으로 구성하여 무대를 조금씩 바꾸고, 약간의 장치를 더하고, 나는 되도록 웃으려고 애썼다.

양일간의 공연을 무사히 마무리한 다음 날, 배가 홀쭉해져서 잠에서 깼다. 동아리 활동을 마치고 돌아온 남자 중학생이 된 기분으로 침대에서 일어났다.

평소와 다름없이 공연을 즐겼다고 생각했으나 역시 그렇게 많은 사람들을 혼자 상대하다 보면 어떻게든 소모되어 버리는 모양이다. 몸도 마음도 기력을 보충해 달라고 아우성쳤다.

좌우간 고칼로리 음식을 먹어야겠다고 생각하면서 메이크업을 맡은 T 씨에게 추천받은 중화요리 가게를 떠올렸다. 아직 한 번도 가 본 적이 없다.

샤워를 하고 옷을 갈아입고 어디에 있는지 장소를 조사하고, 택시를 타고, 마침내 그곳에 도착했다. 배에서 꼬르륵 소리가 멈추지 않았다. 빨리 먹고 싶다. 기세 좋게 문에 손을 댄 순간, T 씨의 한마디가 머리를 스쳤다.

"그 식당, 조금 시끄럽고 정신없어요."

그대로 문을 열자 세로로 긴 장방형의 식당 안쪽에서 피부가 가무잡잡하고 호리호리한 체구의 웨이터 차림을 한 쉰쯤 되어 보이는 아저씨가 나를 향해 큰 소리로 외쳤다.

"봉주르!"

프랑스어였다. 아무리 봐도 일본인, 그것도 우에노 아메야요코초[40]에서 온갖 물건을 고래고래 소리치며 염가에 판매하는 사람과 똑 닮은 갈라진 목소리. 당황해서 식당 밖으로 얼굴을 내밀고 간판을 확인해 보니 '차이니스 레스토랑'이라고 똑똑히 쓰여 있었다. 중화와 프랑스와 우에노가 마구 뒤섞여, 한순간 어찌할 바를 몰랐다.

"봉주르 어서 오세요, 봉주르."

간드러지는 말투지만 절대 프랑스 사람이 아니라고 추측되는 절묘한 목소리 톤. 마침 그 고양된 목소리에 조

---

40   上野 アメヤ横丁. 도쿄에서 유일하게 재래시장이 남아 있는 지역이다. 가격은 보통 시장보다 30~40퍼센트 저렴해서 여러 가지 잡화를 염가에 구입할 수 있다.

금 동요하고 있으니, "이쪽으로 오세요!"라며 벽 쪽에
자리한 일인석으로 나를 안내했다. 순순히 의자에 앉자
눈앞에서 메뉴를 펼치더니 말했다.

"어머, 그 블루종 넘 멋지다!"

칭찬해 주었다.

"소매가 없는 게 낫다, 소매가 없는 게 훨씬 세련됐
어!"

아저씨의 목소리는 우렁차고 밝았다. 와아, 고맙습니
다, 하고 인사했다.

어쨌든 기름진 탄수화물이 먹고 싶다. 양상추와 토마
토 볶음밥, 계란국을 단품으로 주문하자 지금은 런치 시
간이라서 계란국은 함께 나와, 하고 설명해 주었다. 봐!
여기, 하고 아저씨가 손가락으로 가리킨 쪽에는 구불구
불 파마를 하고 반바지를 입은 백인 남성이 팔보채 런치
세트를 먹고 있었다. 밥 옆에 있는 국그릇이 너무 작다.

"런치 세트에 국이 나오는데, 많이 줄까?" 배고픈 내
상태를 재빨리 파악했다. 그래도 괜찮습니까? 라고 묻자
"오, 케, 이!" 하며 윙크하더니 주방으로 사라졌다.

내가 홀로 싱글벙글 웃고 있다는 사실을 깨달았다. 볼을 문질러서 겨우 진지한 표정으로 돌아온 순간, 아저씨가 지체 없이 계란국을 가져다주었다. 참기름 냄새가 식욕을 자극했다. 막 먹으려는 참에,

"저기, 들려?"

하고 물었다. 네?, 하고 대답하자 주방을 가리켰다.

"저 주우, 하는 소리가 멈추면 (크게 숨을 들이마시고) 볶음밥이 나올 거야!"

그렇게 말하고 또 윙크를 했다.

마침 또 문이 열리고 이십 대 중반의 커플이 들어왔다. 아무래도 단골인 듯 아저씨의 "봉주르!" 소리가 나를 맞이할 때보다 훨씬 명랑하고 친근했다. 잠시 대화를 나누고는 두 사람이 탄탄면 곱빼기를 주문하자 아저씨는 또 큰 소리로 외쳤다.

"탄탄면 가득!"

주방에 주문을 넣으려고 내 옆을 성큼성큼 지나가면서 "봐, 주우, 하는 소리가 멈췄지?" 하고 말해 주었다. 걸음을 멈추지 않고 빠르게 움직이며 말을 해서인지 마

아사히

치 도플러 효과를 줘서 노래하듯이 음정이 생겼다. 아저씨는 그 기세를 살려 "탄탄면 두 개 가득!"이라고 소리쳤다. 가득이란, 아무래도 곱빼기를 뜻하는 모양이다.

볶음밥이 나왔다. 볶아서 포슬포슬한 밥에 토마토가 섞여 살짝 빨갰지만 전체적으로 계란의 노란빛이 어우러져서 아름다웠다. 숟가락으로 떠서 입에 넣자 간이 진하지 않은데도 맛있었다.

옆을 보니 팔보채를 다 먹은 백인 남성이 자리에서 일어났다. 지갑을 꺼내고 계산대로 가더니 아저씨에게 말했다.

"아 유 저패니스?(Are you japanese?)"

아저씨는 순간 입을 쩍 벌렸다가 "예스, 예스." 하고 유창한 영어로 말하기 시작했다. 아저씨는 영어도 잘했다. 그는 역시 일본인이었다.

다 먹고 나서 한숨을 쉬었다. 문득 이런 콘서트를 하고 싶다고 생각했다.

단, 어떤 내용으로 콘서트를 꾸며야 할지는 전혀 알 수 없었다.

낯가림

웃지 않으려고 한다.

촬영 현장에서는 준비 중에도 평소보다 감정을 드러내지 않으려고 노력하지만 주연인 아야노 고(綾野剛) 씨를 비롯해서 마쓰오카 마유(松岡茉優) 씨와 요시다 요(吉田羊) 씨, 함께 공연하는 여러분이 괜히 챙겨 주거나 다정하게 대해 주어서 기쁜 마음에 나도 모르게 싱글싱글 웃게 된다.

며칠 전 방송을 시작한 드라마 「코우노도리(コウノド리)」[41]의 등장인물 시노미야 하루키(四宮春樹)는 과거에

---

41 다양한 사연을 지닌 산모와 가족 그리고 산부인과, 신생아과, 소아과, 응급

겪은 어떤 사건을 계기로 웃음을 잃고 감정을 표현하지 못하게 되었다. 그런 배역을 연기하다 보니 굳이 촬영 중이 아니더라도 스튜디오나 현장에서 자연히 웃지 않게 되었다.

그러자 평소 얼마나 웃으면서 생활했는지 깨닫게 되었다. 텔레비전을 볼 때, 누군가와 대화할 때, 택시 기사에게 행선지를 말할 때, 이제껏 전혀 자각하지 못했던 순간까지 "아, 지금 웃었다." 하고 의식할 수 있었다.

주변을 봐도 인간은 정말 일상적으로 많이 웃는구나, 하고 새삼 느낀다. 인사를 할 때, "수고하셨습니다." 하고 헤어질 때, 뭔가 실수를 했을 때, 좋아하는 음악을 발견했을 때, 음식이 맛있다고 느낄 때, 인간은 대체로 웃거나 미소 짓는다.

초등학생 시절, 잘 웃지 못했다. 과거 에세이에도 썼지만 단지 소리 내어 웃지 못했을 뿐, 미소와 감정까지 겉으로 드러내지 못한 것은 아니었다.

의학과 등 생명이 탄생하는 현장에서 분투하는 의료진들의 이야기를 그린 드라마.

이처럼 미소는 일상에서 없어서는 안 되는 요소로, 소통을 하거나 자기 의사를 확인하는 데도 중요하다. 그러하니 웃지 못하는 인간이란 얼마나 고독할까, 하고 내 배역에 대해 생각했다.

고개를 들자 요시다 요 씨가 하얘질 때까지 뒤섞은 낫토와 젓가락을 들고 서 있었다.

촬영 현장에서 메이크업을 받던 참이라 의자에 앉은 채로 "낫토다."라고 말하니 젓가락으로 떠서 눈앞까지 들어 올렸다.

아, 하고 입을 벌리자 그대로 넣어 주었다.

"맛있어"

"그렇지?"

요 씨는 그렇게 말하고 자기 의자에 앉아서 낫토를 먹기 시작했다. 간접 키스가 아니라 간접 낫토다.

마음은 이런 사소한 일로 구원받는다. 종일 뚱하고 있으면 아무리 연기라 해도 마음이 지친다. 하지만 누군가가 한마디 말이라도 건네주면 독이 빠져서 평소의 호시노 겐을 유지할 수 있다.

배역에 집중하고 싶은 순간에는 요 씨가 곁에 얼씬도 하지 않는다. 언제 어디서 말을 걸어야 하는지, 정확히 꿰뚫어 보고 안다. 그 품격 있는 타이밍은 천성일까, 여태까지 배운 것일까, 어느 쪽일까?

"과연 나의 요야."

오물오물 먹으면서 말했다. 현장에서는 "나의 요."라고 부른다.

이런 애칭은 쇼후쿠테이 쓰루베 씨의 토크 방송 「에이스튜디오(A-Studio)」에 게스트로 나갔을 때부터 시작되었다. 「코우노도리」에 관한 에피소드를 이야기할 무렵, 모니터에 요 씨의 사진이 나오자 쓰루베 씨가 "요잖아?"라고 아는 체하기에, 엉겁결에 농담으로 "네, 나의 요입니다."라고 언급한 것이었다.

이튿날 현장에서 그 일을 본인에게 알리자 "사무실을 통해 항의하겠습니다."라고 웃으면서 성을 냈지만 그 후로도 집요하게 "나의 요."라고 불렀더니 차츰 익숙해진 모양이었다.

낯가림을 하지 않게 된 것은 언제부터일까? 내가 낯을

가리지 않는다는 사실을 문득 깨달았다. 그때까지 길가에서 지인을 봐도 아는 체하지 않았고, 여럿이 모여 있을 때도 되도록 혼자 있으려고 했다.

어느 날, 라디오 방송에 게스트로 나갔을 때 "낯을 가립니다."라고 자신을 소개하는 것이 돌연 부끄럽게 느껴졌다. 그것이 마치 병인 듯, 도저히 손쓸 방법이 없는 일처럼 말하는 스스로에게 약간 화가 났다.

그때까지 상대에게 사랑받고 싶다, 미움받고 싶지 않다는 생각이 너무 강해서 소통하기를 포기했다. 소통에 실패해 버리면 거기에서 인간관계를 배우고 성장하려는 노력을 게을리했다.

그걸 상대에게 "낯을 가려서……"라고 마치 피해자인 양 말하는 것은 "나는 소통하려고 노력하지 않는 인간이니 그쪽에서 조심하쇼."라고 대놓고 낯부끄러운 선언을 하는 일이나 다름없다.

몇 년 전부터 낯을 가린다고 여기지 않게 되었다. 마음의 문을 늘 활짝 열어 두려고 했다. 좋아하는 사람에게는 좋아한다고 알리고자 했다. 성가셔 하고 싶어해도 상대

가 좋으면 그런 마음가짐만큼은 관두지 않으려고 했다. 그러다가 한 가지 생각이 떠올랐다. 언젠가 어린 시절에 "너 왜 이렇게 귀찮게 굴어?"라는 말을 듣고서 타인에게 미움을 받지 않으려고 내 성격을 일그러트리고, 아예 인간을 좋아하지 않으려고 애썼다는 사실을. 하지만 나는 사람을, 사람과 만나는 일을 몹시도 좋아한다.

일부러 외톨이가 되려고 노력할 필요는 없다. 원래 누구든 인간이라면 혼자이기에 우리는 더욱 손을 잡고 열렬히 소통을 해야 한다.

"두 분, 잘 부탁드립니다."

AD 다무라 군이 부르러 오자 네, 하고 요 씨가 자리에서 일어났다.

"가자, 나의 겐."

"응, 나의 요."

그렇게 말하고 둘이서 촬영 장소로 향했다.

YELLOW DANCER

1997년. 학교를 오래 쉬었다.

여러 가지 이유가 있었다. 정신적으로 너무 힘들었다. 하지만 집에 쭉 있어 봤자 뾰족한 수가 나는 것도 아니었기에, 시험 삼아 억지로라도 학교에 가 보기로 했다. 등교하던 날에 두 가지 사건이 있었다.

"겐, 밴드 해 보지 않을래?"

고등학교 3학년으로 올라가는 시기에 석 달이나 쉰 나에게 그가 해맑게 말했다. 학급에서 인기가 많았던 그는 교내에서도 동경의 대상인, 이른바 잘나가는 학생이 잔뜩 모인 밴드를 조직했다. 거기에 퍼커션 멤버로 들어오지 않을래, 라고 제안해 왔다.

그때까지 음악은 집에서 몰래 하는 일일 뿐이었다. 카세트테이프에 남들 모르게 노래를 녹음했다. 음악이 너무 좋아서 사람들 앞에 나섰다가 비판을 받을까 봐 두려웠다.

하지만 그런 말을 하기도 뭐해서 "그래, 할래."라고 대답했다. 그날부터 내 음악 인생이 시작되었다.

또 하나.

밴드에 들어오라는 제안을 받기 몇 시간 전, 오랜만에 등교한 터라 학교 정문을 지나려니 조금 떳떳하지 못한 느낌이 들어서 체육관 쪽으로 돌아서 들어갔다. 그런데 마침 동아리에서 아침 연습을 하던 같은 반 여자애가 스트레칭을 하고 있었다. 그 애는 내 얼굴을 보고 희귀한 동물이라도 발견한 양 오오, 하고 손을 흔들며 외쳤다.

"야, 너도 추지 않을래?"

밴드에 들어간 사건과 거의 비슷한 이유로, 그날 나는 충동적으로 일본 전통 무용부에 들어갔다.

그러고 나서 나카노나나쓰마이(中野七頭舞)라는 도호

쿠 지방의 춤을 배웠다. 그때까지 나는 일본 무용이라 하면 느린 안무가 주류라고 생각했는데, 나나쓰마이는 오곡이 풍성하게 익기를(五穀豊穰), 대어를 잡기를(大魚), 집안이 두루 평안하기를(家內安全) 기원하는 춤으로, 뭐랄까 팝 같은 박자에다 복잡했다. 또 2인 1조로 구성되었는데 각 조마다 일곱 종류의 역할과 춤 동작이 있었다. 그 춤은 대담하면서 멋스럽고 격정적이면서 품위 있고 아름다웠다.

곡 중반에 이르면 춤추는 사람이 2 대 2로, 마치 브레이크댄스 배틀처럼 서로 마주 보고 각각 자신의 춤사위대로 춤을 추는데, 나머지 사람은 자기 순서가 올 때까지 무대 구석에 앉아서 그 모습을 구경한다. 일곱 종류의 춤을 마치고 다 함께 춤추는 군무 동작은 보기만 해도 소름이 돋고 고양감에 가슴이 뜨거워진다.

춤을 추면 자의식이 사라지고 머릿속이 맑아졌다. 땀을 흘리고 근육통에 시달리며 무심하게 춤을 추면 이제껏 죽어 있던 내가 되살아난 듯 힘이 솟았다. 그날 이후로 춤은 나의 소중한 일부가 되었고, 심지어 사랑하게 되었으며 '춤추다'와 '살아 있다'는 말이 내 안에서 같은 의미로 자리 잡았다.

2013년, 일을 오래 쉬었다.

이유는 아시는 대로 건강 문제였다. 집에서 구시렁대 봤자 어쩔 수 없다고 생각했다. 수술을 마치고 여름의 끝자락, 아이패드를 들고 밖으로 나갔다.

한적한 주택가를 걷노라니 그때까지 음악도 제대로 들을 수 없는 상태였던 나는 '늘 이렇게 고요한 거리를 걸으면서 음악 듣기를 좋아했었지…….'라고 회상하며 아이팟을 랜덤으로 설정해 놓고 재생 버튼을 눌렀다.

프린스[42]의 「아이 워너 비 유어 러버(I Wanna Be Your Lover)」가 흘러나왔다.

인트로의 드럼 소리가 귀의 고막을 두드리는 순간, 눈앞이 반짝 빛나기 시작했다. 불안함에 지치고 초조했던 기분이 호흡을 되찾은 듯 움직이기 시작했다. 정신을 차리자 아무도 없는 밤거리에서 나 홀로 춤을 추고 있었다.

---

42   Prince. 팝의 전설로 불리는 미국 가수.

초등학생 시절부터 즐겨 듣던 마이클 잭슨, 프린스, 어스 윈드 앤드 파이어,[43] 아이슬리 브라더스.[44] 지극히 개인적인 취향이라 할 수 있는 댄스 클래식, 솔 뮤직만이 귀에, 마음에, 쑥 밀려 들어왔다. 그때까지만 해도 음악을 듣는 일조차 힘든 상황이었는데 어느새 희망이, 두근거리는 창작 의욕이 용솟음쳤다.

내가 좋아하는 블랙 뮤직에 영향을 받으면서도 요즘 일본의 정서를 느낄 수 있는, 우리 마음속에 아로새겨진, 예로부터 쭉 이어져 온 정경을 비추는 음악, 몸이 멋대로 춤을 추는 댄스 뮤직을 만들어 보고 싶다.

핫토리 료이치[45]와 나카무라 하치다이[46] 같은 작곡가들이 만든 일본의 가요곡, 그리고 거기에 영향을 받은 다

43　Earth, Wind & Fire. 미국의 음악 그룹으로, 초기에는 디스코 음악을 선보였으나 점차 펑크로 변화하였다. 세계 각국에서 큰 인기를 누렸다.

44　Isley Brothers. 1954년 미국에서 결성되어 1960~1970년대에 솔과 록, 펑크 등을 혼합한 퓨전 음악으로 큰 인기를 누렸던 6인조 음악 그룹이다.

45　腹部良一. 일본의 작곡가. 2차 세계 대전 이후, 음악 활동을 하며 일본에서 재즈 열풍을 일으켰다.

46　中村八大. 일본의 작곡가이자 재즈 피아니스트.

양한 유행가에는, 특히 재즈와 블루스 같은 블랙 뮤직의 영향을 꼭꼭 씹어 받아들이되 흉내만 내지 않고 일본 음악으로서 새롭게 재탄생시킨 놀라운 역사가 깃들어 있다.

내 부모와 조부모, 오늘날의 일본인과 그 선조가 아무렇지도 않게 즐겨 온 일본 팝의 유전자 속에는 애초부터 흑인 음악의 감수성이 숨 쉬고 있었고, 거기서 드러나는 일본 정서에도 흑인 문화(black culture)의 바람이 불어 들었다. 마침내 나는 내가 사는 이 나라의 음악, 옐로 뮤직(yellow music)을 만들어야겠다고 생각했다.

제작은 이래도 되나 싶을 정도로 즐거웠고, 내가 하고 싶은 대로 만들었다. 두 번이나 나를 구해 준 음악과 댄스에 대한 사랑을 담아서 지금 이 순간 춤추는 사람들에게 바치는 앨범을 완성했다. 다 만들고 나서 진심으로 기뻤다.

제목은 「옐로 댄서(YELLOW DANCER)」였다.

'축하합니다'

「코우노도리」의 야외 촬영이 끝나고 연습 장소로 돌아오니 드라마 스태프가 아니라 음악 현장에서 일하는 메이크업 담당자와 스타일리스트가 기다리고 있었다. 당황해서 옷을 갈아입고 메이크업을 수정한 뒤 짐을 정리했다.

드라마 촬영장에 다른 스태프를 데리고 오다니 조짐이 이상하다. 그런 일을 허락해 준 드라마 관계자 여러분에게 깊이 감사했다. 연습실을 나올 때, 다들 "수고하셨습니다." "다녀오세요."라고 나를 응원해 주었다.

이제 내가 가야 할 장소에 대해서는 다른 사람에게 언

급하지 않기로 약속한 까닭에 누구에게도 알릴 수 없었지만 양복을 쫙 빼입은 나를 배웅하는 여러분의 표정에서 한결같이 뭔가를 눈치채고 "축하합니다."라며 기뻐하고 있다는 인상을 받았다.

그 전날, 오다이바 스튜디오에서 열린 「스마프×스마프」[47] 녹화를 시작하기 직전에, 현장 매니저가 휴대 전화를 들고 대기실로 들어왔다. 건네받은 전화에서 주임 매니저의 목소리가 들렸다.

"축하합니다."

그 순간 소리 없는 아우성이 터져 나오면서 왼손을 허공으로 높이 쳐들었다. "고맙습니다."라고 인사하고는 전화를 끊었다. 녹음을 마치고 이튿날에 허둥지둥 옷을 맞췄다. 불이 나가기 직전의 형광등조차 눈부셔 보이는 늦은 밤이었지만 눈동자는 반짝반짝 빛났다.

이십 년 전인 열네 살 무렵, 텔레비전 화면을 보노라면 너무나도 눈부셨다.

---

47   SMAP×SMAP. 일본의 남성 아이돌 그룹 스마프(SMAP)가 진행하는 버라이어티 쇼 프로그램이다.

해를 넘기기 전까지 두 시간 정도 남았을 때, 나는 거실에 부모님을 남겨 두고 내 방으로 가려고 했다.

"같이 안 볼 거야?"

어머니가 말했다.

"너무 환해서 눈이 아파."

그렇게 내뱉듯이 말한 뒤 문을 열고 어두운 방으로 기어 들어왔다. "쟤 왜 저래?"라는 목소리가 등 너머에서 들렸다. 현란한 빛 때문이 아니라 그 방송 탓에 눈이 부셨다.

내 방에서 이제 막 배운 기타를 쳐도, 만화를 읽든 무엇을 하든 12월 31일의 공기는 차갑고 추웠다. 난방 온도를 아무리 올려도 발밑은 차가웠다.

아직 인터넷도 휴대 전화도 없고, 마음 편히 놀 친구도 없었다. 방에 돌아오자 '아무것도 아닌 나'만이 기다리고 있었다. 그러한 사실과 대면하는 일 말고는 달리 도망칠 데가 하나도 없었다. 문 너머에서는 흥겨운 소리와 노래가 들렸다. 새어 나오는 소리만으로도 너무나도 눈이 부셔서 보잘것없는 내 모습이 점점 강렬하게 도드라졌다.

'축하합니다'

"이런 날에는 혼자 있는 편이 퇴폐적이고 멋져."라고 사춘기의 나르시시즘을 풀가동해도 역시나 쓸쓸해서 더는 견디지 못하고 삼십 분 후에 다시 문을 열고 거실로 나왔다. 이 무슨 한심한 인간이냐며 피부를 꼬집어 당기듯이 억지춘향으로 웃었다.

부모님 뒤에 앉아서 함께 텔레비전을 보았다. 그 방송은 눈부셨고, 출연자들도 다들 너 나 할 것 없이 자랑스러운 얼굴로 반짝반짝 빛났다. 최고로 휘황찬란했다. 처음에는 괴로웠으나 정신을 차리고 보니 어느새 방송의 리듬을 타면서 출연자가 던지는 농담에 웃고 있었다.

"그러면 여러분, 좋은 새해를!"

방송이 끝날 무렵, 내년은 더 좋은 해가 되라며 거의 빌듯이 화면을 보았다.

NHK에 도착해서 안으로 들어가자 빠른 걸음으로 이동해야 했다. 대기실 앞에는 늘 다른 방송에서 신세를 졌던, 얼굴만 아는 스태프들이 기다리고 있었다. 다들 말쑥하게 옷을 차려입어서 여느 때와 다른 분위기였다. 그들과 전부 악수를 나눴다. 굳세고 진심 어린 악수. "드디어

이곳에서 만나는군요."라고 눈물을 글썽이며 말하는 사람도 있었다. 전부터 오고 싶었던 자리에 오고야 말았구나, 하는 실감이 불끈 솟았다.

회견 장소인 무대 뒤에서 모두가 준비를 마치고 기다리는데, 똑같이 여기에 처음 출연하는 어느 걸그룹의 멤버가 다가왔다. "이 그룹에 들어오기 전부터 쭉 팬이었습니다."라고 몇 번이나 머리 숙여 인사했다. 내 손을 쥔 양손이 심하게 떨렸다. "정말로 감사합니다. 잘 부탁해요."라고 말하자, 그녀는 제자리로 돌아갔다. 곁에 있던 NHK 프로듀서가 "진짜 엄청난 호시노 씨 팬인가 보더라고요."라고 알려 주었다. 가만 보니 그녀가 스튜디오의 어두운 구석에 오도카니 서서 울고 있었다. 이렇게 감사한 일이 또 있을까. 갑 티슈를 손에 들고 허둥지둥 달려가서 빙글빙글 춤추면서 화장지를 휙휙 뽑아 한가득 건네주자 그녀가 울면서 웃어 주었다.

사회자 우도 유미코(有働由美子) 아나운서가 그 자리에 모인 수많은 기자를 향해 이날의 취지를 말하는 사이, 다들 소리 나지 않게 조심스레 무대로 올라가서 대기했다.

'축하합니다'

눈앞에는 홍백의 막이 내려져 있고, 발표 순간에 떨어지게 되어 있었다.

"긴장돼요.", "벌써 목이 바싹 말랐어요." 누군가가 조그맣게 두서없는 대화를 나누는 사이, 우도 씨의 목소리가 들렸다.

"그러면 66회 홍백가합전에 처음 출연하는 여러분을 발표합니다!"

회견장 가득 울려 퍼지는 음악과 함께 눈앞에 있던 장막이 떨어지는 순간, 여태껏 본 적 없는 수많은 보도진이 믿기지 않을 정도로 큰 소리와 함께 일제히 찰칵찰칵 플래시를 터트렸다.

최고로 눈이 부셨다.

'축하합니다'

데라사카 나오키

"장담하건대, 겐 군과 아주 잘 맞을 거예요." 프로듀서 야마나카 씨가 말했다.

2011년, 처음으로 라디오에 고정 출연을 하게 되었다. 바로 「라디페디아(RADIPEDIA)」라는 방송으로, 심야 12시부터 두 시간 생방송이었다.

"구성 작가는 데라사카 나오키(寺坂直毅)입니다만."

같은 방송을 담당하는 작가인데, 내가 방송을 진행하는 수요일에는 다른 텔레비전 방송에 나가느라고 오지 못하는 모양이다.

"언젠가 함께하면 좋겠어요."

잘 모르면서도 그렇게 말하고 몇 개월이 흘렀다. 흐트러진 머리카락에 검은 테 안경을 쓰고 체크무늬 셔츠를 입은 통통한 남자가 내 앞에 나타났다.

"데라사카입니다."

예정돼 있던 텔레비전 방송의 녹화가 갑작스럽게 취소되어서 온 모양이다. 땀을 뻘뻘 흘렸고 좀체 눈을 마주치려 하지 않았다. 야마나카 씨가 소개해 주었다.

"이 녀석 이상해요. 홍백가합전이 너무 좋다나."

그는 땀을 닦으면서 겸연쩍은 듯이 손을 옆으로 휘휘 저었다.

"홍백은 나도 좋아해요."

그렇게 웃으면서 말하자 아니아니, 하고 야마나카 씨가 말했다.

"홍백에 나오는 가수의 소개말(前口上)을 전부 기억한다니까요."

음악 방송의 소개말이란 노래하기 직전이나 인트로에서 가수와 노래에 대해 설명해 주는 것인데, 아무리 낯선 무대라도 시청자가 더욱 공감할 수 있게끔 도와주는 내레이션이다.

"정말이에요?"

반신반의하며 내가 아주 좋아하는 노래를 골라 봤다.

"그러면 모리 신이치(森進一) 씨가 처음 홍백에서 「에리모 곶(襟裳岬)」을 불렀을 때의 내레이션은?"

그러자 그때까지 쭈뼛거리던 태도가 묘하게 당당한 표정으로 변하더니 음색을 바꾸고 천천히 말하기 시작했다.

"며칠 전, 일본 가요 대상을 수상한 모리 신이치 씨. 바로 얼마 전 일본 레코드 대상에 빛났습니다. 그 모리 씨의 노래를 들어 보죠."

벌어진 입이 다물어지지 않았다. 그는 바로 "여기서 인트로입니다." 하고 내 눈을 바라보며 말했다.

머릿속에 「에리모 곶」의 인트로가 흐르기 시작했다.

"청춘의 나날은 멀고 애달파서, 언젠가 추억의 바다로 돌아가렵니다. 정처 없이 떠돌아다니던 1974년의 기억을 이 한 곡에 담아. 백팀[48]의 「에리모 곶」을 들어 보겠

---

48 홍백가합전은 여성과 남성 가수를 홍팀과 백팀으로 나눠 진행하며, 서로 경합을 벌인다.

습니다!"

오오, 하고 엉겁결에 손뼉을 쳤다. 그러자 그는 웃으면서 덧붙였다.

"이건 내가 가장 좋아하는 서두입니다."

그날 방송을 무사히 마친 뒤 부스 맞은편에 앉아 있던 그가 헤드폰을 벗으면서 흥분한 듯이 말했다.

"이렇게 즐거웠던 적은 처음이에요. 호시노 씨, 정말로 라디오를 좋아하는군요."

"좋아해요. 라디오 덕분에 사춘기를 겨우 버텼어요."

"아, 나도 그래요!"

거기서부터 그와의 친분이 시작되었다.

얼마 지나지 않아서 나의 방송 일정이 월요일로 바뀌었고, 그가 해당 방송의 작가를 맡을 때도 늘어났다. 나이도 같다는 사실을 알고 금세 친해졌다. 구로야나기 데쓰코[49] 씨와 유키 사오리[50] 씨를 좋아한다는 점도 알았다.

주변에서는 그가 동정이라는 사실을 가지고 자주 놀

---

49 黒柳徹子. 일본의 배우이자 사회자, 작가다.
50 由紀さおり. 일본의 배우이자 가수다.

렸지만 삐치거나 분위기를 어색하게 하지 않았으며, 원망하는 기색도 없었다. 그저 자신이 좋아하는 것만을 파고들었고 오로지 그것만을 사랑했다. 나는 그 모습에 빠져 버렸다. 또 그는 홍백 외에도 백화점과 엘리베이터를 좋아했다. 일본 전국의 모든 백화점에 설치되어 있는 엘리베이터 제조업체를 모조리 암기했다.

"꿈은 엘리베이터 보이입니다."

라디오를 마치고 돌아올 때, 엘리베이터를 열고 닫는 건 응당 그의 몫이었다.

어느새 그를 '데라'라고 부르고 있었다. 방송에서는 툭하면 내레이션을 선보였고, 내 콘서트의 앵콜 무대에서 흘러나오는 내레이션도 매번 맡아 주었다.

라디오 생방송 중 광고가 나갈 때면 부스 안에서 이런저런 담소를 나누었다.

"호시노 씨, 홍백에 나와 주세요."

그건 무리야, 라고 생각하면서도 농담처럼 말했다.

"반드시 나갈게. 그때는 데라가 소개말을 써 줘."

"으아, 무리예요, 무리!"

데라사카 나오키

第66回

66회

그렇게 말하고 둘이서 웃었다.

몇 년 후, 그는 '홍백가합전을 너무 많이 아는 작가'로 연말 NHK 정보 방송에 이따금 출연하게 되었다. 모르는 게 없는 그를 제작자 쪽에서 마음에 들어 했는지 NHK 동요 음악 방송의 작가로도 스카우트했다.

라디오 방송이 끝난 뒤에도 친구로서 자주 연락했다. 병으로 쓰러지고, 수술 끝에 복귀했을 때도 그에게 제일 먼저 전화를 했다. 물론 홍백가합전에 나가게 되었을 때에도 가장 먼저 연락했다.

"······정말요!"

목이 메여 말을 잇지 못하면서도 부모님처럼 기뻐해 주었다.

첫 홍백가합전은 꿈처럼 눈 깜짝할 사이에 끝났다. 피날레를 마치고 무대 옆으로 빠져나오려는데 양복을 차려입은 데라가 서 있었다.

"수고하셨습니다."

그는 울고 있었다. 둘이서 두 손을 굳게 잡고 악수했다. 처음 만난 날이 떠올랐다.

데라사카 나오키

66회 NHK 홍백가합전. 호시노 겐의 첫 홍백가합전 무대의 대본을 쓴 사람은 바로 그였다.

시바견

옆에 시바견이 있다.

오후 늦게 일어난 토요일 3시. 늦은 아침을 먹기 위해서 근처 카페에 갔다. 2인용 테이블이 네 개, 4인용 테이블이 여섯 개로, 내부가 넓은 데에도 불구하고 손님이 북적여서 카운터 자리밖에 남아 있지 않았다.

점잖게 자리에 앉아서 샐러드와 미트소스 파스타를 주문하고 음식이 나오기를 기다렸다. 매니저와 업무 문자를 주고받고 나서 스마트폰으로 뉴스를 들여다보고 있으니 마침 샐러드가 나왔다.

그레이프프루트와 순무가 들어간 상큼한 맛이 나는

샐러드다. 십 분 남짓 다 먹고 나자 큼직한 미트볼을 올린 파스타가 나왔다. 식당은 손님들로 붐볐지만 요리는 빨리 나왔다. 식사하고 바로 라디오를 녹음하러 가야 했<u>으므로</u> 너무나도 감사했다.

미트볼을 입에 넣으려는데 문득 시야의 왼쪽, 겨드랑이 아래쪽에서 베이지색 생명체가 쫄랑쫄랑 쳐들어왔다.

시바견이었다.

당황해서 입을 눌렀다. 헤벌쭉한 표정을 짓지 않으려고 세심한 주의를 기울였다. 평온을 가장한 채 따뜻한 커피를 주문했다. 매일 스마트폰으로 보던 그 녀석. 텔레비전에서 특집 방송을 하면 되도록 녹화해 두는 그 녀석. 깊은 밤마다 만약 함께 산다면 얼마나 즐거울지를 몽상하게 하던 그 녀석.

나는 시바견이 너무 좋다.

혼자 살면서 집에 거의 머물지 않기 때문에, 누군가에게 분양을 받거나 구한다 한들 기를 수가 없다. 애초에 반려동물 자체를 기른 적이 없다. 외로움을 잘 타는 개를 홀로 집에 남겨 두고 일하러 나갈 수는 없다. 만일에 의

욕이 지나쳐서 시바견과 동거하게 된다면, 외부 업무를 모조리 취소하고 집에서 할 수 있는 일만을 찾아보리라. 즉 두 번 다시 돌아 나올 수 없는 '동물의 실낙원'으로 기꺼이 들어가겠다는 말이다.

흘깃 옆을 보았다.

견주(犬主)는 마른 체구의 중년 남성으로, 강아지는 그가 앉은 의자 옆에 앙증맞게 앉아서 주인을 올려다보고 있다. 아담한 체구. 커피를 뿜을 뻔했다. 아, 귀여워.

내 자리에서는 뒤통수와 등짝, 거기서 이어지는 엉덩이밖에 보이지 않았다. 하지만 그걸로 충분하다. 이쪽으로 오면 어루만져 줘야지. 물론 일면식도 없는 상대를 무턱대고 어루만지면 그건 치한이다.

시바견의 어디가 좋은 걸까, 스스로도 잘 모르겠다. 표정인가? 전체적인 실루엣? 그것도 아니면 자연스레 배어 나오는 일본인다운 성격?

철이 들기 전에 개와 장난치며 놀던 장면은 생각나지만 제대로 키운 기억은 없다. 할아버지가 운영하던 채소 가게에 금, 은, 펄이라는 웃기는 이름의 고양이가 세 마리 있었지만 우리 집에서는 아니었고, 세 마리 다 슬픈 말로를 맞이했으므로 그 기억만큼은 그리 떠올리고 싶지 않다.

스무 살 때, 처음 사귄 여자 친구의 집에는 고양이가 있어서 늘 귀여워해 주었지만 운명의 장난인지 재채기가 끊이지 않았다. 나중에 고양이 알레르기가 있다는 사실을 알고 몸과 마음이 모두 고양이에게서 떠나 버렸다.

언제부터 시바견을 사랑했을까?

어린 시절, 학급 친구가 마당에서 키우는 시바견을 보았을 때 어쩐지 불쌍하다고 느꼈다. 겨울에는 추워 보였고, 영원히 목줄에 매달린 채 사람이 다가오면 필사적으로 짖어 대는 모습을 보고는 왠지 모르게 마음이 쓰렸다.

거리를 산책하는 다양한 견종을 만나도 너무 작은 개한테는 별달리 반응한 적이 없었다. 하지만 어쩌다 만나는, 일어서면 사람보다 확실히 큰, 털이 복슬복슬한 큼직한 개가 산책하는 모습을 보면 어느새 나는 보살처럼 이루 말할 수 없이 인자한 표정을 짓고 있었다.

이윽고 내가 좋아하는 개는 시바견, 이라고 공언하게

되었다. 집 안 난롯가에서 유유자적 지내는 시바견의 동영상을 인터넷으로 찾아보았기 때문일까. 어쩌면 개집에서 멍멍 짖는 개가 아니라 실내에서 한가로이 뒹구는 시바견한테서 마음이 치유되는 느낌을 받았는지도 모른다.

"왔다, 잘됐다."

시바견이 주인 옆에서 꼬리를 살랑살랑 흔들었다. 마침 미트소스 파스타가 도착했다. "잘됐다."라고 말한 까닭은 시바견과 함께 먹겠다는 뜻일까?

주인이 파스타를 한 줄 손으로 잡아서 팔을 내렸다. 그러자 시바견이 앞발을 쭉 뻗더니 발돋움해서 파스타를 입속에 넣고 우물우물 씹어 먹었다.

흑.

사진 찍고 싶다.

하지만 일면식도 없는 상대를 사진으로 찍으면 그건 몰카다.

마음속으로 카운터를 쾅쾅 치는 사이에 견주는 어느새 파스타를 다 먹고 자리에서 일어났다. 아아, 가 버렸다. 그렇게 생각하면서 눈동자에 새겨 넣으려고 시바견

휙♥ 심쿵♥

쪽으로 고개를 돌렸다. 그러자 어떻게 된 영문인지, 시바견이 내게서 등진 채로 얼굴을 오른쪽에서 이쪽으로 틀다가 나와 눈이 마주쳤다.

마음속에서 음악이 울려 퍼졌다. 실시간으로 이 초쯤 되는 시간이 삼십 분처럼 느껴졌다. 동그란 검은 눈동자에 빨려 들어갈 것 같다. 그건 사랑이 시작된 순간이었다.

퍼뜩 정신을 차려 보니 견주와 시바견은 벌써 계산을 마치고 식당을 빠져나갔다. 남은 것은 마시다 만 커피와 피부가 반지르르해진 나뿐이었다.

메탈 기어의 밤

한창 전국 투어 중이었지만 아주 잠깐 시간이 나서 오랜만에 게임을 하기로 했다.

엑스박스(Xbox)나 위유(Wii U), 플레이스테이션 4(PS4)처럼 텔레비전에 연결해서 즐길 수 있는 게임을 좋아한다. 간혹 마음에 쏙 드는 게임을 만나면 얼른 귀가해서 당장 플레이 하고 싶은 나머지 외출해 있는 동안, 일을 하는 내내 머릿속이 온통 게임 생각으로 가득해진다.

지난 시리즈를 전부 클리어 하고 신작을 몇 년이나 기다린 끝에 마침내 출시된 「메탈 기어 솔리드 V: 더 팬텀

페인(METAL GEAR SOLID V: THE PHANTOM PAIN, 이하 TPP)」을 작년 9월, 발매하자마자 샀다. 과거 모든 시리즈를 관통하는 장대한 서사의 완결편이라 할 수 있는 이번 작품의 스포일러를 피하기 위해서 발매 전부터 최대한 정보를 차단했다. 하지만 2015년, 노도처럼 밀려든 스케줄 탓에 바빠서 패키지를 열어 볼 기회조차 없었다. 새해가 되어 투어의 막이 오르자 남은 공연은 추가 공연을 포함해서 총 다섯 번. 상황이 좀 안정되었다.

다섯 달 동안 잠자던 소프트웨어를 백일기도했다는 심정으로 가볍게 개봉했다.

TPP 게임의 주된 시스템을 대강 설명하면 술래잡기라 하겠다. 무대는 주로 전장이다. 주인공은 상대방의 진지와 요새에 몰래 침입해서 적에게 들키지 않고 안쪽 진지에 있는 기밀문서를 손에 넣거나 적을 암살하고 붙잡힌 연구자와 포로를 탈환한다.

물론 숨는 대신에 적을 보이는 족족 죽이고 나아갈 수도 있다. 선악의 판단이나 공략 방법에 대한 선택은 거의 플레이어에게 맡긴다.

특히 이번 신작은 엄청나게 광대한 오픈 월드라서 그 안에 적의 거점만 몇 군데 있을 뿐, 공략 방법과 침입 경로는 플레이어의 아이디어에 따라 무한해진다. 게다가 기구를 이용해서 인간이나 병기를 운반하는 '풀톤 회수'[51] 시스템이 더해짐으로써 포로로 잡은 적군을 설득해서 아군으로 만들거나 빼앗은 병기, 자원을 회수하여 자기 것으로 만들 수 있게 되었다.

좌우간 숨는 걸 좋아한다. 적 거점을 한 군데 공략할 때, 일단은 적병 사이에 숨어서 천천히 시간을 벌고, 몰래 접근한 뒤 상대방 겨드랑이 밑으로 양팔을 넣어 목덜미를 꽉 쥔 다음 꼼짝 못하게 한다. 나이프로 위협하면서 다른 적병의 눈에 띄지 않는 곳까지 이동시킨 뒤 거기에서 신문하고 자원 아이템과 포로, 기밀문서 등의 타깃이 있는 장소를 실토받는다. 그러면서 다른 병사의 위치마저 털어놓게 하고 기절시킨 다음에 풀톤을 회수한다.

총을 쏘면 적 전체가 발포음을 감지하고 단숨에 경계

---

51   Fulton surface-to-air recovery system.

흥!

태세에 돌입한다. 적군의 경비도 늘어나서 총은 잘 쓰지 않는다. 소음기(suppressor)를 단 마취총으로 병사를 잠재우는 전형적인 공략법을 좋아한다.

그렇게 조용히 시간을 들여 적 진지에서 병사를 한 사람씩 회수한다. 적병의 수가 줄어드는 순간, 통신 기기를 망가트리면 그 파괴음 탓에 경계가 삼엄해지지만 어차피 바깥에 있는 병사에게 지원 요청을 못 한다. "이상 발생! 지원을 부탁한다!"라고 애타게 부른들 응답이 없어서 그저 어쩔 줄 모르고 황망해하는 병사도 볼 수 있다.

그런 적들 한 명 한 명에게 몰래 접근해서 등 뒤에 총을 들이대고 손을 들게 한 다음 신문하고 정보를 캐내고 기절시키고 회수한다. 진지에서 적이 점점 사라지는 모습은 적병 입장에서는 호러 영화지만 잠복해 있는 쪽에서는 유쾌하기 짝이 없다.

최후의 병사가 남고 아무도 도와주러 올 수 없는 상황이 되면 성대하게 소리를 내면서 그 녀석 주변으로 총을 갈기거나 지면과 벽에 미리 설치해 둔 플라스틱 폭약을 폭파시켜서 깜짝 놀라게 하고 로켓포로 근처 건물을 공격하며 즐긴다.

 "우와!" 하고 당황해서 엉뚱한 방향으로 반격하거나 수차례 무선으로 도움을 요청해 보지만 아무도 오지 않는다. 그렇게 우왕좌왕하며 뛰어다니는 병사가 가여우면서도 썩 귀엽다. 그런 광경을 뜨거운 커피를 마시면서 싱글싱글 바라본다. 뭐랄까, 다소 악취미적으로 게임을 즐기게 된다.

 그마저도 싫증이 나면 천천히 적의 배후로 다가가서 기절시키고 회수한다. 적진에서 병사가 죄다 사라지면 '제압'이라는 글자가 화면에 조그맣게 뜬다. 적병을 한 명도 죽이지 않고 전부 회수하여 아군으로 만들었을 때의 쾌감이란.

 물론 더 빠르고 효율적인 방법도 얼마든지 있겠지만 숨을 죽이고 천천히 시간을 들여서 들키지 않도록 행동하는 공략법이야말로 어린 시절에 처음 즐겼던 숨바꼭질의 두근거림과 즐거움을 선사해 준다. 게임을 하며 보내는 시간이 너무나도 좋다.

YELLOW VOYAGE

왠지 힘들 때는 모든 것이 끝난 '직후'를 떠올려 본다.

예컨대 영화의 주연으로 정해지고 촬영이 크랭크 업 하는 시점은 두 달 뒤다. 개봉까지는 아직도 한참이나 남아서 이미 부담감에 짓눌릴 것 같고 숨이 막힌다. 그럴 때마다 맡은 일이 성공적으로 끝나고, 곧이어 혼자서 안도하는 모습을 마음속에 그려 본다. 현재라는 이름의 적당한 무게를 지닌 야구공을 괴로운 순간이 끝난 지점보다 충분히 멀리 있는 자신에게 닿을 수 있도록 힘껏 던진다고 상상해 본다.

그러자 내가 시간을 뛰어넘어서 그 지점으로 타임 워

프(time warp)를 한다.

퍼뜩 정신이 들어 시계를 들여다보니 두 달의 세월이 지나 있고, 모든 일도 성공적으로 마쳤다. 오로지 즐거운 추억과 함께 해냈다는 충실감이 마음을 채우고 있다. 그 순간까지 타임 슬립(time slip)을 한 것 같은 감각에 빠졌다.

옛날부터 힘들 때에는 이런 식으로 모든 걸 해낸 이후의 순간을 상상했다. 물론 실제로 시간을 뛰어넘어 워프를 한 것도, 목표 지점에 이르는 시간을 빨리 돌렸거나 그동안의 기억이 지워진 것도 아니었다.

'힘든 시기를 버텨 낸 나를 구체적으로 상상한다.'라는 행위는 어떤 일이든 반드시 끝이 난다는 단순한 법칙을 진정으로 깨닫기 위한 준비 운동과 같다.

닥쳐오는 마감, 숙제, 갑자기 엄습해 온 질병, 재해 등 상황이 괴로우면 괴로울수록 머리로는 알면서도 '그럼 긍정적인 마음으로 열심히 하자!'라고 즉석에서 정신을 다잡을 수가 없다.

"잘 안 될지도 몰라." "실패할지도 몰라."라고 매 순간 고민하고 긴장하면서 스스로를 격려하는 일에 쓸데없이 시간을 허비하지 말고, 진심으로 어떤 일이 끝나고 있음을 느낀다면 반드시 끝이 오니까, 라며 순순히 당장 해야 할 일에 집중할 수 있다.

집중할 수만 있다면 시간의 흐름도 빠르게 느껴진다. 너무 싫다, 라고 생각하면 시간이 느릿느릿 흘러가지만, 오롯이 집중하면 산을 넘고 시간을 뛰어넘어 불쑥 워프를 한 듯 괴로운 시기가 서둘러 끝난다.

2016년 3월 초. 일본 부도칸, 오사카성 홀에서 열리는 추가 공연을 빼면 전국 투어「옐로 보야지(YELLOW VOYAGE)」는 히로시마 공연만을 남겨 둔 상태였다.

신칸센을 타고 히로시마로 향하는 네 시간가량의 여행 동안 커피를 마시면서 문득 생각했다.

이번에는 시간을 뛰어넘어 워프를 하지 않았어. 일이 끝난 뒤의 나를 상상하지 않았어. 이유가 뭘까, 생각을 해 보니 바로 답이 나왔다.

힘들지 않았으니까.

이전에는 투어 공연이 싫어서 늘 빨리 끝났으면 하고

바랐다. 관객 앞에서 노래할 때는 즐거웠지만 그렇게 되기까지 준비하는 과정이 힘들었다. 지구력이 없고 늘 목소리와 목을 보호하느라 악전고투하면서 투어가 끝날 때까지 오래도록 불안에 시달렸다. 투어 지역에서도 관광은커녕 감기에 걸리거나 몸 상태가 나빠지지 않도록 죽은 듯이 가만히 있었다.

이번에는 어땠나? 소속사 여러분이 내 몸 상태를 감안해서 공연 중간중간 시간을 비우고 그사이에 다른 일정이 들어가지 않게끔 이동도 리허설도 전부 배려해 주었다. 몸 상태와 목을 보호하는 방법도 스스로 연구해서 효과적인 노하우를 찾은 덕에 잘 관리할 수 있었다.

나를 포함해 현장 스태프 여러분도 같은 방향을 바라보며 더 좋은 공연을 하기 위해서 절차탁마했다. 공연을 거듭할수록 연주자들의 기량이 무르익었고 유대도 강해졌다. 다른 무엇보다 이번 투어는 관객 여러분이 훌륭했다.

수만 명 규모의 아레나 공연, 수천 명 규모의 홀 공연, 어느 쪽이든 관객 한 분 한 분이 따로따로 몸을 움직여 마음껏 춤을 췄다. 객석 움직임이 통일감 없이 자유로웠다.

그런 일은 흔하지 않다.

일본 어떤 아티스트의 어느 콘서트장에서도 관객 전원이 따로따로 춤추는 모습을 여태까지, 안타깝게도 볼 수가 없었다. 뮤지션 쪽에서 채근하여 손을 좌우로 흔들거나 일제히 무대를 가리키는 등 관객이 미리 합을 맞춘 양 똑같이 움직이는 것이 보통이었다.

물론 일본인은 홀로 튀는 상태에 불안을 느끼므로 어쩔 수 없기는 하다. 어린 시절 외국의 라이브 공연이나 음악 페스티벌의 영상을 볼 때 어떤 장면에서 가슴이 설렜느냐 하면, 연주자의 퍼포먼스에 더하여 바로 수많은 관객이 각자 자기가 좋을 대로 음악을 즐기는 모습이었다. 언젠가 그런 광경을 내 무대에서 보고 싶었다. "그렇게 되어라!"라고 빌면서 앨범 「옐로 댄서」를 제작했다. 그 모습을 투어 중에, 콘서트장에서 반드시 볼 수 있다는 행복감. 그 장면을 떠올릴 때마다 가슴이 벅차올라서 울고 싶어진다.

나는 음악을 좋아하고 음악이 울리는 장소를 좋아한다. 그래서 수많은 관객 한 명 한 명이 저마다 개인적으

봄? 추워!

로 음악을 즐기는 모습이 너무나도 좋다.

음악은 정말로 즐겁다.

생각에 잠겨 있는 사이, 신칸센이 히로시마에 도착했다. 네 시간이나 되는 이동 시간이 마치 시간을 뛰어넘어 워프를 한 듯 찰나처럼 느껴졌다.

고사킨과 심야 라디오

"비디오 가게에서 에로 비디오를 빌릴 때, 다른 영화를 그 위에 올려서 감추듯이 계산대까지 가져오는 사람이 있잖아?"

"응.(웃음)"

"나는 그렇게 하지 않아! 그야 에로 비디오가 보고 싶으니까. 그게 뭐가 창피해? 나는 진심으로 그 비디오가 보고 싶다고."

"아하하! 만일에 점원이 여성이라면 어떻게 할 거야?"

"더 여봐란듯이 보여 주지!"

"바보 아니야? 그거 성희롱이라고!(웃음)"

세키네 쓰토무 씨와 고사카이 가즈키 씨의 대화다.

고등학교 때 통학 거리는 전철과 버스를 타고 두 시간이나 걸렸다. 그 사이 내내 워크맨 이어폰을 귀에 꽂고 있었다. 테이프에서는 그 당시 좋아하던 음악과 일주일에 한 번씩 녹음해 둔 AM 라디오의 심야 방송이 흘러나왔다.

집과 학교를 오가는 동안 통근 러시에 시달리면서 그 라디오를 듣노라면, 혼잡한 나머지 지옥도로 변해 버린 JR사이쿄 열차도 그렇게 견디기 힘들지 않았다. 오히려 이대로 쭉 듣고 싶었다.

매일 고사카이 가즈키 씨와 세키네 쓰토무 씨, 통칭 '고사킨'[52]이 진행하는 두 시간짜리 방송 「고사킨 DE와 오(コサキン DEワァオ)」를 들었다.

---

52   コサキン. 같은 소속사의 선후배로 개그 콤비 '고사카이 가즈키(小堺一機)와 세키네 쓰토무(関根勤)'를 가리킨다. 또한 두 사람이 DJ 진행을 맡은 라디오 방송의 이름이기도 하다.

고사카이 씨의 멋들어진 진행, 후리[53]와 쏫코미.[54] 그리고 세키네 씨의 강렬한 보케[55]와 때때로 터져 나오는 진지한 한마디. 물론 시사 일반 상식에서 다소 벗어난 이야기라 얼핏 들으면 별난 발언으로 들리겠지만 그의 말투에서 조금도 꾸미지 않은 정직한 본심을 엿볼 수 있었다.

고사카이 씨는 상대의 말을 부정하지 않되 청취자에게 잘 전해지도록 세키네 씨의 발언에 딴죽을 걸어서 개그로 승화한다. 그러면 청취자의 마음속까지 진지한 말과 웃음이 다 전달된다. 라디오를 들으면서 "언젠가 세키네 씨처럼 진심 가득한 말을 하고 싶다."라고 생각했다.

두 사람의 궁합은 늘 최고여서, 지루하기 짝이 없는 통학 시간마저 매일 웃음을 참아야 하는 유쾌한 순간으로

---

53 フリ. 상대편 개그맨이 어리석은 말을 하거나 개인기를 끄집어내도록 도발하는 행동을 가리키는 예능 용어.

54 ツッコミ. 일본에서는 만담이나 개그를 할 때 두 사람이 콤비로 활동하는 경우가 많다. 이때 두 사람 각자가 역할을 맡아서 연기를 하는데, 쏫코미는 그 역할 중 하나다. 상대가 엉뚱하거나 어리석은 말을 하면 지적하고 정정한다.

55 ボケ. 엉뚱하거나 어리석은 말을 해서 웃음을 유발하는 역할이다.

만들어 주었다.

학교나 교실 안에서 그 라디오 방송에 관해 화제를 공유할 만한 친구는 하나도 없었다. 물론 부모님도 듣지 않았으므로 집에서 화제에 오르는 일 또한 없었다.

"그 토크 재미있었지."

"그 코너의 청취자가 보낸 사연 최고였어."

라고 한 번도, 그 누구와도 이야기한 적이 없었다.

당시는 삐삐가 주류였고 휴대 전화는 겨우 나오기 시작하던 시기였다. 이메일도 없고, 인터넷도 보급되지 않았으며 트위터도 블로그도 물론 없었다. 팬들 사이의 교류라고 해 봤자 라디오 공개 녹화나 행사에 가서 만난 사람들과 친구가 되어 주소를 교환하고 편지를 주고받는 정도였다. 결국 고등학교를 다니던 삼 년 동안 딱 한 사람이랑 그 방송에 관해 얘기를 나누며 즐거워했다.

라디오 속에 내가 있을 장소가 마련돼 있는 듯 느껴졌다. 고사킨 두 사람은 남을 무시하며 웃기지 않았다. 반드시 자신이 바보가 된다. 다른 사람의 말꼬리를 잡지 않고 자신들을 힘껏 끌어내리며 웃겼다.

유명인과 거물 배우를 개그 소재로 삼을 때도 누가 듣든 급조한 이야기로 느껴지게끔 시시하게 마무리해서 "이런 말을 하는 우리가 바보야."라며 스스로를 웃음거리로 삼았다.

그런 점이 몹시 좋았다. 두 사람의 입에서는 이기고 지는 승부나 경쟁, 순위에 대한 얘기가 거의 나오지 않았다.

현실 세계는 온통 경쟁뿐이다.

시험 점수, 달리기 등수, 외모, 인기, 동정을 뗀 시기. 점수가 높은 쪽이 승자, 발이 빠른 쪽이 승자, 잘생긴 사람이 승자, 친구가 많은 쪽이 승자, 가장 빨리 성을 경험한 자가 승자. 그 밖에는 전부 실패자였다.

물론 세상에서는 승부가 필요하다. 정답이 수치로 반영되지 않는 시험은 뭔가 찜찜하고, 뜀박질에서 모두 다 1등이라면 어딘가 이상하다. 단, 그렇지 않은 장소가 있어도 좋지 않을까?

고사킨은 방송 중에 "청취율을 올려야 해!"라고 결코 말하지 않았다. 청취율이란 텔레비전으로 말하자면 시청률을 뜻하는데, 그걸 걱정하는 말을 들어 본 기억이 없

덜커덩덜커덩

다. 이십오 년 넘게 이어져 온 방송이라서 당연히 인기가 있었지만 그럼에도 불구하고 "다른 방송과 경쟁하자!"라는 의사를 눈곱만큼도 내비치지 않았다.

두 사람에게서 많은 걸 배웠다.

다른 사람을 바보로 만들지 않고 스스로 바보가 되는 것, 경쟁을 해 봤자 시시하다는 것, 첫머리에 나오는 세키네 씨의 말처럼 그럴싸한 언변으로 얼렁뚱땅 넘기려 하지 말고 자기 자신에게 정직하고 꾸밈없이 솔직하라는 것.

물론 두 사람이 직접적으로 그런 말을 하지는 않았다. 그저 그들의 태도를 보고 내가 멋대로 그렇게 느꼈을 뿐이다. 당장은 무리일지도 모르지만 언젠가는 그런 사람이 되고 싶다.

그때로부터 이십 년 뒤, AM 라디오에서 심야 고정 방송을 맡았다.

「호시노 겐의 올나이트 닛폰(星野源のオールナイトニッポン)」. 마이크 저편에는 트위터도 하지 않는, 누구에게도 감상을 말하지 않는, 그저 듣기만 하는 과거의 나와 같은 당신이 있다.

호소노 하루오미

머리카락을 어깨까지 늘어트린 흑백의 호소노 하루오미 씨가 CD 재킷 안에서 이쪽을 응시하고 있다.

1997년, 고등학교 2학년 때 그의 첫 번째 솔로 앨범 「호소노 하우스(HOSONO HOUSE)」를 처음 들었다.

내가 태어나기 팔 년 전에 발표된 음반이었고, 열여섯 살 무렵에 다니던 마쓰오 스즈키 씨의 연극 워크숍에서 만난 선배가 소개해 준 앨범이었다. 처음에는 재킷에 담긴 긴 머리카락의 호소노 씨도, 음반에서 흘러나오는 음악도 조금 어두워서 무섭게 느껴졌다.

해피엔드(はっぴいえんど)도, 옐로 매직 오케스트라

(Yellow Magic Orchestra, 이하 YMO)도 호소노 씨가 만든 그룹이었으나 고등학생이던 나는 해피엔드는 아예 몰랐고 YMO도 존재만 알 뿐이었다. 심지어 초등학교 운동회에서 「라이딘」[56]이 끊임없이 흘러나오는 바람에 달리기를 망쳤던 나는 YMO 자체를 아예 멀리하게 되었다. 두 그룹을 다 잘 모르는 상태에서 기적적으로 「호소노 하우스」부터 알게 되었고, 그 선배에게는 그저 감사할 따름이다.

호소노 하루오미의 디스코그래피에는 해피엔드 해산과 YMO 결성까지, 총 다섯 장의 정규 앨범이 존재한다.

첫 번째 앨범 「호소노 하우스」의 수록곡 「마지막 계절(終わりの季節)」과 「사랑은 핑크빛(恋は桃色)」 등의 가사는 틀에 얽매이지 않는 호소노 씨의 영혼을 그대로 반영하듯 부드럽고 독자적인 언어로 쓰였다. 이들 노래가 한 치 앞도 보이지 않던 청춘 시대를 다정하게 응원해 주었다.

처음 음악을 들었을 때 어둑하게 느꼈던 까닭은, 이 앨

---

56   Rydeen. 1975년부터 이듬해까지 방영되었던 로봇 애니메이션 「라이딘」의 주제가다. YMO가 불렀다.

범의 색채가 어두운 탓이 아니었다. 음악의 색깔을 제대로 인식하지 못한 나의 옹색한 음악적 시야가 원인이었다. 듣고 또 듣고 몇백 번이나 들으면서 군더더기 없는 밴드 연주 속에서 다채로운 색과 향을 느낄 수 있었다. 이 앨범 덕분에 음악 감수성이 몇 배나 넓어졌다.

팬이 된 나는 용돈을 모아서 앨범을 더 샀다. 두 번째 솔로 앨범 「트로피컬 댄디(Tropical Dandy)」, 세 번째 앨범 「태안양행(泰安洋行)」, 네 번째 앨범 「하라이소(はらいそ, 낙원)」를 듣고 귀를 의심했다. 도무지 영문을 알 수 없는 음악이 거기에 있었다. 이 세 장의 앨범이 이른바 '트로피컬 3부작'으로 불린다는 사실을 알았다.

블루스, 칼립소,[57] 엑조티카,[58] 일본 민요, 오키나와 민요, 중국 가요, 삼바, 록, 솔, 팝스. 전 세계 음악이 뒤죽박죽 섞여 있으면서도 단순히 흉내 내는 데에 그치지 않고, 오직 호소노 씨만이 해낼 수 있는 음악으로 재창조된 일

---

57   calypso. 카리브해 지역의 음악.
58   Exotica. 2차 세계 대전 이후, 1950년대에서 1960년대 중반까지 교외 미
      국인들 사이에서 유행했던 음악 장르.

본 팝이었다.

그 세 장의 앨범을 질릴 정도로 듣던 어느 날, 어떤 잡지를 읽다가 1976년 요코하마 중화 거리에 위치한 레스토랑 '도하쓰신칸(同發新館)'에서 열렸던 호소노 씨의 '전설적인' 공연 사진을 보았다.

흰 양복에 안경을 쓰고 괴상한 수염을 기른 얼굴로 목금(마림바)을 두드리면서 노래하는 호소노 씨의 모습이 실려 있었다. 앨범 참여자 목록을 다시 살펴보니 역시 목금은 호소노 씨가 직접 연주했다. 목금이라 하면 학교 음악실에서 먼지를 뒤집어쓴 모습밖에 기억나지 않는데, 그 사진 속에서는 완전히 달라 보였다.

멋있어! 나도 마림바를 치고 싶어!

그로부터 구 년 후. 스물다섯이 된 나는 악기를 연주해도 문제없는 집으로 이사하고, 연기를 하며 모은 돈으로 마림바를 샀다. 침대와 텔레비전과 작업 책상과 마림바를 두자 가뜩이나 비좁은 방이 물샐틈없이 가득 찼다. 지나다닐 통로조차 없었다. 책상과 마림바 아래로 오가며, 마치 좁은 유빙 틈새를 지나는 바다사자처럼 생활하고 연주 연습도 했다. 식사할 때는 마림바 위에 상을 차리고 먹었다.

그리고 이 년 뒤, 잡지《테레비브로스(テレビブロス)》에서 호소노 씨와 함께 「지평선 상담(地平線の相談)」이라는 대담 코너를 연재하게 되었다. 대담 첫날, 나는 흰 양복에 안경을 쓰고 수염을 그렸다. 그야말로 중화 거리 콘서트 무대 때의 호소노 씨 모습 그대로 나타났다. 내 모습을 보고 호소노 씨는

"좋네요."

하고 씨익 웃어 주었다. 어쩌면 팬심을 한껏 드러낸 내 행동을 보고서 내심 기괴하게 느꼈을지도 모른다. 세계 음악의 신으로 추앙받는 사람은 아주 친절한 사람이었다.

이후 일뿐만 아니라 사적으로도 왕래하게 되었다. 삼 년 뒤, 음악 앨범을 같이 만들어 보지 않겠느냐는 제안을 받았다. 이를 계기로 호시노 겐의 첫 번째 앨범 「바보의 노래」가 태어났고, 본격적으로 노래를 부르기 시작했다.

그리고 육 년이 흐른 2016년 5월 8일. 마침 사십 년 전 '전설'의 중화 거리 콘서트와 같은 날, 같은 장소에서 호

소노 씨가 다시 공연을 한다는 정보를 입수했다. 이건 절대 보러 가야 해, 라고 생각했는데 마침 호소노 씨가 초대해 주었다.

"마림바를 부탁해."

그날, 물론 흰 양복에 안경을 쓰고 연주했다. 호소노 씨가 "수염은? 수염도 그리자."라며 제안했고, 우리 둘은 대기실에서 함께 수염을 그렸다.

열여섯 살에 보았던 꿈의 장관이 실제로 눈앞에 펼쳐졌다. 나를 여기까지 인도해 준 음악의 아버지에게 부름을 받아, 꿈을 꾸게 해 준 장소에서 함께 음악을 연주했다.

관객에게서 우렁찬 박수갈채를 받았다. 관중 속에 이십 년 전의 나도 있는 것 같았다. 박수 소리가 잦아들 때쯤 호소노 씨가 이쪽을 쳐다보며 말했다.

"미래를 잘 부탁해. 나 대신 열심히 해."

호소노 하루오미

어느 날 밤의 작곡

작곡을 하고 있다.

작업 책상 위에 녹음기와 리듬 머신, 노트북을 놓고 의자에 앉아서 기타를 품에 안은 채 몇 시간이나 계속 노래를 한다.

음악을 만들다 보면 시간이 순식간에 지나간다. 리코딩에 포함된 작사든 작곡 작업이든, 일단 어느 '존(zone)'에 들어가면 배도 고프지 않고 시간 감각도 사라지면서 세상만사에 무심해진다. 소리에 대해서만 생각하는 진공의 순간이 찾아온다.

오 분 만에 한 곡을 통째로 만들어 내는 경우도 있지만 맨 처음 A 멜로디를 짓는 데만 두 달이 걸리는 경우도 있다. 각각 장점이 있으며 어느 쪽이 더 낫다고는 할 수 없다. 빨리 만들어진 곡은 기교가 없기에 대개 자연스러운 진행과 직관적인 느낌을 가지고, 아무래도 시간을 들인 곡은 심도 있는 전개와 복잡성을 지녀서 질리지 않고 오래 즐길 수 있는 음악이 되고는 한다.

무심히 녹음한 노래를 몇 번이나 다시 듣고 또 듣다가 좀 더 손을 봐서 다시 녹음한다. 그 일을 질릴 정도로 되풀이한다.

가슴이 답답해지면 내 안에 바람을 불어넣으려고 부엌으로 가서 커피를 마신다. 그 자리에 선 채로 컵을 입가로 가져가서 조금씩 카페인을 섭취하면 차츰 '존'의 감각이 희미해지고 현실 세계로 돌아온다.

문득 배에서 소리가 난다.

배가 고프다.

저녁 6시 무렵부터 작곡을 시작했는데, 정신을 차려 보니 바깥은 벌써 어둑어둑해졌다. 새벽 3시. 아홉 시간이 순식간에 지나갔다.

이 시각에 문을 연 식당은 많지 않다.

감색 바람막이를 걸치고 맨션 밖으로 나온다.

밤 깊은 거리는 즐겁다. 인적이 거의 없고, 이따금 어두운 길모퉁이를 서성이는 사람들도 어딘가 수상쩍게 보여서, 그러니까 당최 왜 이 시각에 이런 곳에 있는지 알수 없는 느낌이 들어서 너무 좋다. 잠시 숨을 멈춘 상점과 골목길, 주택을 보며 어떤 상품을 취급하는 곳인지, 어떤 사람이 살지를 상상하면서 걷는 일도 좋다.

음악과 라디오를 들으면서 리듬을 타고 굳이 멀리 돌아 도착한 곳은 24시간 영업하는 서서 먹는 단골 메밀국숫집이었다.

「사나다마루」[59]의 촬영도 있으니 너무 살이 찌면 안된다. 늦은 밤의 칼로리, 지방 과다 섭취는 절대 금지다. 그나마 죄책감이 덜 드는, 집 근처의 서서 먹는 메밀국숫집이 진심으로 좋다.

안으로 들어가서 식권 판매기에 천 엔짜리 지폐를 집

---

59   真田丸. 혼돈에 빠진 전국 시대의 무장 사나다 노부시게(真田信繁)의 생애와 인간적인 면모를 그린 대하드라마.

어넣고 따뜻한 도로로 소바와 토핑으로 미역, 계란을 주문한다. 곱빼기 버튼을 누를 즈음엔 칼로리 따위는 벌써 잊고 들뜬 기분이 된다.

주방에 식권을 건네니 안쪽에서 평소와 다른 백발의 아저씨가 고개를 내밀었다.

그동안 주방에 계시던 형님은 미역을 다른 용기에 담아 내주었으나 오늘은 아예 국수 위에 보기 좋게 올려 주었다. 결국 나는 미역을 바로 다른 사발로 옮겼다. 괜스레 설거짓거리를 늘렸나, 하는 죄책감이 들었다. 이 정도면 기분 좋은 배려다.

서서 먹는다지만 간이 의자가 있어서 엉덩이를 걸치고 먹기 시작했다.

젓가락으로 생노른자를 풀어서 미역과 메밀국수를 동시에 먹는다. 맛있다. 가다랑어로 맛을 낸 국물과 간장의 짠맛과 파의 향, 그 단순명료한 맛이 커피와 창작으로 지친 위장을 부드럽게 어루만졌다.

열중해서 메밀국수를 다 먹은 뒤 젓가락을 내려놓고 한숨을 돌리려니 식당의 BGM이 평소와 달랐다.

더 다이닝 시스터스(The Dinning Sisters)의 「더 웨이 유
룩 투나잇(The Way You Look Tonight)」이었다.

1936년에 개봉한 프레드 아스테어(Fred Astaire) 주연
의 영화 「스윙 타임」[60]의 주제가로, 극 중에서는 아스테
어 본인이 노래한다. 식당에서 흘러나오던 노래는 원곡
을 1940년대에 활약한 여성 3인조 코러스 그룹 더 다이
닝 시스터스가 커버한 것이었다.

재즈를 기조로 한 미국 팝으로 아름다운 멜로디와 느
릿한 템포의 러브 송이다. 무슨 일이 있어도 너를 생각하
면 행복해진다, 라는 다정하고 로맨틱한 가사이기에 듣
는 이를 포근히 감싸 안아 준다.

그 노래가 서서 먹는 메밀국숫집에서 들려왔다.

평소 이곳은 온갖 엔카만 줄줄 틀어 댔으므로 이 선곡
은 결코 우연이 아니었다. 누가 봐도 의도적으로 고른 것
이었다.

고개를 들자 벽에는 이 메밀국숫집과 인연이 있는 어

---

60 Swing Time. 조지 스티븐스(George Stevens) 감독이 연출한 작품으로
    뮤지컬 무대 뒤에서 벌어지는 사건을 소재로 한다.

메밀국숫집

느 엔카 가수의 지난 음반 포스터가 몇 장 붙어 있었다. 눈앞에는 속살을 드러낸 이쑤시개와 고춧가루 그리고 먹다 만 메밀국수…….

자동문이 열리자 근방에 사는 채소 가게 아저씨가 손수레에 실파를 잔뜩 싣고 납품하러 왔다. 백발의 아저씨는 납품서를 받아들고 종이 상자에 든 파를 주방으로 가져갔다.

백발의 아저씨에게 지금 이 시각은 아침 첫 영업인가, 아니면 심야 영업의 피날레인가? 그의 표정에서는 아무것도 읽어 낼 수 없었다.

식당에서는 더 다이닝 시스터스의 노래가 계속 흘러나왔다. 일본과 미국이 오로지 한 개인의 취미로 어우러진, 최고로 이국적이고 기분 좋은 순간이었다.

언제나 우리 세계를 다채롭게 수놓는 것은 개인의 취미와 애정이다.

메밀국수를 전부 해치우고 식당을 나왔다. 국도를 따라 늘어선 빌딩 틈새로 아침 해가 떠오르고 있었다.

오이즈미 요

"난 말이야…… 너 같은 녀석이 잘나가는 꼴을 보기 싫어. 그러니까 무대에서든 음악에서든 네 활동 전부를 전력으로 저지할 거야!"

처음 만났을 때 그는 내게 이렇게 말했다.

오이즈미 요(大泉洋)는 그런 남자다.

「사나다마루」의 촬영이 시작되었다. 나는 도쿠가와 2대 쇼군 히데타다(德川秀忠)를 연기하고, 오이즈미 씨는 도쿠가와 막부에서 봉직했던 사나다 노부시게(真田信繁)를 연기했다. 초반부터 함께하는 장면이 계속되었다.

드라마 녹화란 대개 드라이 리허설, 카메라 리허설, 본

방 순서로 진행된다. 드라이 리허설은 이를테면 무대 연습으로 감독의 지시 아래 화면상의 위치, 연기의 방향성을 결정하고, 카메라 리허설은 직접 카메라를 돌리면서 실제 촬영처럼 연기하고 조명과 음성, 카메라 앵글 등을 조정한다. 그러고 나면 겨우 진짜 촬영이 시작되는데, 각 리허설 사이에는 대개 십 분이나 십오 분 정도 준비 시간이 있다.

그사이 내내 오이즈미 씨는 내 귓가에 대고 말을 건다.

"봐봐, 그 곡이 뭐였지? 2? 4?"

"네?"

"왜 엄청나게 히트한 네 노래 있잖아, 4(욘)[61]이었던가?"

"선(SUN)입니다."

"너의~ 가슴을~ 주무르~며."

"가사 틀렸어요, 형."

나는 오이즈미 씨를 보통 '형'이라고 부른다. 그 외에도,

61　四. 일본어로 '욘'이라고 읽는다.

"내가 말이야, 팀 낙스[62]랑 규슈에 갔을 때……."

"내가 지금 작곡을 하고 있는데 말이야……."

쭉 귓가에 대고 말을 한다. 아주 정신 사나워 죽겠다. 본방에 들어가기 직전이나 컷을 부르고 난 잠깐 사이에도 쉴 새 없이 떠든다. 하지만 나보다 나이도 많고 같은 사무실 선배이기도 해서 "조용히 좀 해 주세요."라고 볼멘소리를 할 수가 없다. 집중력을 잃게 함으로써, 그야말로 내 연예 활동을 저지하려는 모양이다.

어느 날 녹화를 하다 보니 밤이 이슥해서야 촬영이 끝났다. 저녁을 못 먹어서 어디에 갈까 궁리를 하다가 결국 정하지를 못하고, 시험 삼아 옆 대기실에 있던 미식가 '형'에게 문자를 보냈다.

"지금부터 밤늦게까지 문을 여는 식당, 혹시 아는 데 있어요?"

바로 답장이 왔다.

"스튜디오 쪽으로 와."

---

62   TEAM NACS. 대학 연극 동아리 출신 인물들이 결성한 연극 단체로 오이즈미 요도 여기에 속해 있다.

그리로 가려고 대기실 문을 열자 더는 못 기다리겠어, 하는 느낌으로 형이 서 있었다.

그 뒤로 십 분 정도 스마트폰을 뒤적이더니 내가 원하던 식당을 찾아 주었다. 그 신통한 모습을 보며 생각했다.

어쩌면 이 사람은 나를 싫어하는 게 아니라 좋아하는지도 몰라! 촬영 중에 제발 좀, 하고 말리고 싶을 만큼 놀려 대는 것도 짓궂게 굴려는 게 아니라, 그저 말을 붙이고 싶어서 그러는 게 아닐까?

그러고 보니 전에 밥을 먹었을 때도 세상 돌아가는 이야기를 하다가 갑자기 "있죠, 후쿠야마 씨."라고 내뱉자 "게엔 짜앙!" 하고 후쿠야마 마사하루[63] 씨를 흉내 내며 받아쳤다. 또 마찬가지로 야규 히로시[64] 씨와 와타나베 아쓰시[65] 씨의 흉내를 내며 즉석에서 바로 재치 있게 분위기에 맞춰 응수해 주었다.

"왜 후배한테 이렇게 입을 털지 않으면 안 되는 거

---

63   福山雅治. 일본의 배우이자 가수.
64   柳生博. 일본의 사회자이자 탤런트.
65   渡辺篤史. 일본의 영화배우.

야.(웃음) 제법이지?" 하고 싱글벙글 웃는 모습이 즐거워 보였다.

예전에 내가 "「사나다마루」 현장에서는 유타카[66]가 필수인가요?"라고 묻자 "나도 입지 않으니까 괜찮을 거 야. 만약에 필요하면 구입할 수 있는 가게를 알아봐 줄 게. 우리 현장 매니저가 그곳 사정을 잘 아니까 겐이 촬 영하는 날에도 보내 줄까?" 하고 감사한 문자를 보내 준 적도 있었다. 형은 나를 사랑한다.

그런 에피소드를 라디오에서 언급한 뒤 「사나다마루」 현장에서 만난 형은 장난스럽게 말했다.

"들었어. 라디오에서 내 얘기를 한 모양이네."

"아, 얘기했어요."

"그럼, 청취자가 기뻐하게끔 더 괴롭히지 않으면 안 되겠구먼."

그런 짓궂은 말이 왠지 반갑게 느껴졌다.

2012년 말에 쓰러졌을 때, 사실은 그 직후, 형과 함께

---

66   浴衣. 목욕을 하고 난 뒤에, 혹은 여름철에 입는 무명 홑옷.

욘? 선!

작업할 예정이었다. 하지만 병세가 심각했으므로 계획 자체가 무산되어 버렸다. 퇴원하고 그동안 폐를 끼쳐서 죄송하다고 사죄와 사과의 연락을 하고 난 뒤로 약 이 년간 만날 기회가 없었다.

그 후 2015년 말, 「홍백가합전」에서 다시 만났다.

나는 무대에서 「SUN」을 불렀고 형은 심사 위원석에 있었다.

처음 형은 나를 걱정스럽게 쳐다보았다. 노래가 진행됨에 따라 그의 표정도 차츰 운동회 뜀박질에서 돌연 1등으로 치고 나오기 시작한 아들내미를 바라보는 아버지의 눈빛으로 변했다. 그리고 무사히 무대를 마친 순간, 사회자 이노하라 요시히코(井ノ原快彦) 씨의 "완전 부활!"이라는 외침과 함께 (심사 위원 중에서는) 형만 홀로 의자에서 벌떡 일어나 눈을 반짝반짝 빛내면서 있는 힘을 다해 손뼉을 쳐 주었다.

나는 그 광경을 평생 잊을 수 없으리라 생각했다.

이윽고 "오이즈미 씨가 할 말이 있다고 부르십니다." 라고 스태프가 전해 주었다. 나를 보자마자 형이 말했다.

"겐, 노래 좋더라! ……욘(4)이었던가?"

"선입니다!"

오이즈미는 그런 남자다.

게임에서

「포켓몬 GO」[67]가 재미있다.

걷기와 멈춰 서기를 되풀이하면서 즐기는 게임이지만 바빠서 좀처럼 밖에 나가 걸을 수가 없다 보니 이동 차량의 뒷좌석에서만 즐기고 있다.

소셜 게임만의 독특한 과금 시스템이 있기는 하지만 2016년 8월 현재까지는 극단적으로 탕진할 수 없도록 설계되어 있다. 따라서 돈을 써서는 몬스터를 잡을 수 없거니와 지인과 멋대로 점수나 순위를 비교하는 성가신

---

67   Pokémon GO. 위치 기반 증강 현실 모바일 게임이다.

기능도 없어졌다. 자기 페이스대로 천천히 플레이할 수 있다.

어쩌다 생각이 나면 애플리케이션을 열어서 근처에 포켓몬이 나타나거든 잡는다. 이제껏 잡은 적 없는 새로운 종류의 몬스터가 나타나면 뛸 듯이 기뻐하면서 소박하게 즐기고 있다. 나는 이런 태도야말로 이 게임을 즐기는 유일한 방법이라고 생각한다.

여타 게임과 명확하게 다른 점이 있다면 서로 경쟁을 부추기지 않고, 오로지 '사람들을 바깥으로 내보내기' 위해서 만들어졌다는 것이다. 가만히 있으면 정말로 아무것도 일어나지 않지만 어쨌든 밖으로 나가면 손쉽게 몬스터를 잡을 수 있다.

거리에서 게임을 플레이하는 사람들 무리와 손가락으로 화면을 미끄러지듯 더듬으며 홀로 실실 웃는 사람들을 만나면 반갑다.

스마트폰의 위치 정보를 이용하는 「인그레스(Ingress)」 같은 게임을 제작한 미국의 나이앤틱(Niantic)과 포켓몬 컴퍼니, 닌텐도가 손을 잡고 이 게임을 제작했다. 「인그

레스」는 일본에서 아는 사람만 아는 게임이지만 「포켓몬 GO」는 전 세계적으로 엄청나게 히트했다.

인터넷이 주류인 시대에 전 세계 사람들을 거리로 나가게 하는 게임이 탄생했고, 그 덕에 경제가 발전하고 사람 사이에 소통이 크게 증가했으며 지역 자체가 활성화되었다. 실제로 뉴욕에서는 이 게임이 출시되자 범죄율이 사상 최저치를 기록했으며, 게임 기능을 활용하여 지역 활성화를 도모하는 지자체까지 등장했다.

앞으로 어떻게 될지 모르지만 「포켓몬 GO」는 뚜렷하게 세계를 바꿨다. 전쟁도, 테러도 아니고 현실에 존재하지 않는 귀여운 몬스터를 잡는 허구로 세계를 즐겁게 변화시켰다.

사람들이 밖에서 스마트폰 화면만 보는 게 이상하다, 특히 아이는 숲에서 곤충을 잡고 노는 편이 건전하다, 라고 말하는 사람도 적잖고 그렇게 말하는 이유도 잘 알지만 실상 곤충에게는 곤충의 일생이 있으며, 인간한테 잡히고 싶어 하는 곤충은 단 한 마리도 없으므로 가상 괴물(virtual monster)을 잡아서 기뻐하는 쪽이 훨씬 건전하다.

누가 멋대로 자기 몸을 주무르는 일이나 비좁은 우리에 갇혀서 일생 내내 관찰당하는 삶을 달가워할 생물은 없다. 그래서 몬스터볼로 포켓몬들을 잡을 때마다 생각한다.

게임이라서 다행이다.

덴마크의 신작 PC 게임 「인사이드(Inside)」가 재미있다.

2010년 출시된 같은 회사의 출세작 「림보(Limbo)」는 전 세계적으로 삼백만 개 넘게 팔린 초히트작으로, 나 역시 당장 구입해서 맘껏 즐겼고 주변 사람에게 족족 권하기도 했다. 기본적으로 좌우로만 이동 가능한 횡스크롤 게임인데, 대사와 설명은 일절 없지만 3D로 묘사된 배경에는 깊이가 있다. 흑백 화면과 아름답고도 신비스러우며 그로테스크한 세계관에 매료되었다.

주인공 소년은 북유럽 그림책에 나올 법한 자그마하고 귀여운 캐릭터인데, 적에게 습격당하면 "메캬!" 하는 생생한 비명과 함께 잔인하게도 몸이 산산이 부서지고 게임도 끝나 버린다. 이쪽에서 공격하기는 불가능하다.

오로지 머리를 짜내서 함정을 빠져나와야 하며 갑자기 사라져 버린 여동생을 찾아 정처 없이 헤맬 뿐이다.

'림보'라는 말에는 천국과 지옥 사이라는 의미가 있는 모양이다. 이승인지 저세상인지 알 수 없는, 왠지 모르게 섬뜩한 장소를 방황하는 게임의 세계관은 흠뻑 빠져도 기분 좋을 만큼 매혹적인 한편, 오싹하기도 했다.

신작 「인사이드」에서도 섬뜩함은 건재했고, 오히려 늘어났다. 색채를 입은 세계는 더욱 불가사의하고 야릇하며 아름답다. 「림보」가 현실인지 허구인지 알 수 없는 장소라면, 「인사이드」의 무대는 가까운 미래의 지구다. 인간도 많이 나온다. 단지 판타지라고 생각할 수 없을 정도의 현실감 탓에 긴장감도 덩달아 높아진다.

전작과 동일하게 횡스크롤 게임으로, 머리를 굴려서 난관을 헤쳐 나간다. 주인공 소년은 적에게 공격당하면 신체가 손상되어 끔찍한 모습이 된다.

미지의 장소에 붙잡힌 소년은 거기서 겨우 탈출하고, 자신이 머물던 장소가 어떤 곳인지 알게 된다. 추격자에게 습격당하며 게임을 진행하는 동안, 플레이어는 주인

공 소년과 하나로 연결된다. 스포일러를 피하기 위해서 자세히 언급하지는 않겠지만, 정신을 차려 보면 어느새 '주인공과 플레이어가 일치하는' 감각을 맛볼 수 있는 근사한 게임 시스템이다.

주인공과 연결된 내 마음속에 떠오르는 감정은, 자유를 빼앗기고 감옥에 갇히고 싶은 인간은 세상 어디에도 없다는 분노다.

나는 끝내 '이런 일은 절대 경험하고 싶지 않아, 최악이야!'라고 생각하면서, 동시에 '게임으로서는 최고의 체험이야!'라며 흥분했다. 인간은 정말이지 다양한 방식으로 깊이 있게 오락을 즐기는구나, 하고 절실히 느꼈다.

게임이라서 정말로 다행이었다.

사랑

아홉 번째 싱글 「사랑(恋)」이 출시되었다. 들으면 절로 춤추고 싶어지는 즐거운 러브 송을 만들고 싶다, 그렇게 생각하면서 작곡했다.

2010년 노래하기 시작했을 무렵에는, 내가 싱글을 아홉 장이나 낼 수 있으리라고는 상상도 못 했다. 엄밀히 말하자면 "만약에 그런 일이 생긴다면 정말로 행복하겠지."라고, 마치 복권에 당첨되는 행운과 흡사한, 그저 막연한 바람의 하나로서만 어슴푸레 생각했는지도 모르겠다. 실제로 꿈을 이룬 지금, 나는 정말로 행복한 사람이라고 실감했다.

나의 일이 있고, 바쁘다는 것은 아주 커다란 행복이다. 그러나 한편으로는 여기저기서 위험 요소가 생겨나기 때문에 대책을 철저히 강구해야 하고, 자기 마음을 지키면서 즐겁고 평범하게 살 수 있도록 이리저리 방법을 궁리해야 한다.

그중에서도 '계절을 느끼는 마음'을 소중히 여기고 싶다.

분주함과 계절의 관계는 태양과 달이랑 같다. 계절은 바쁠수록 보이지 않고, 반대로 한가할수록 익숙해져서 지겹기만 하다.

나는 내 음악에 일본이 지닌 역사적 분위기와 오늘날을 살아가는 현대인들의 생생한 기분을 뒤섞고 싶다. 그러기 위해서는 계절을 느끼는 마음이 몹시 중요하다. 그걸 잊어버리면 하이쿠[68]에서 기고[69]가 사라지듯이 사는

---

68   俳句. 일본 정형시의 일종이다. 각 행마다 5·7·5음, 모두 17음으로 이루어진다. 일반적으로 하이쿠는 계절을 나타내는 단어인 기고(季語)와 구의 매듭을 짓는 말인 기레지(切れ字)를 가진다.
69   季語. 하이쿠에서 계절을 나타내기 위해 정해 둔 말.

맛도 없어진다.

한가하고 돈이 없던 이십 대 초반, 마치 계절의 넋을 어깨에 늘 짊어지고 다니듯이, 봄도 여름도 가을도 겨울도 흠씬 얼얼해지도록 아주 가까이서 느꼈다. 그것은 그것대로 암울한 기분이다. 그런 상태에서 겨우 빠져나온 지금, 하루하루 살아가고 있음에도 아무리 춥든 덥든 계절을 느끼는 경우가 별로 없다.

10월부터 드라마 「도망치는 것은 부끄럽지만 도움이 된다(逃げるは恥だが役に立つ)」에 출연한다. 주연은 아라가키 유이(新垣結衣) 씨. 상대역은 나다. 그 드라마의 주제가가 바로 「사랑」이다.

여름부터 커플링 곡 외에도 세 곡을 더 리코딩하면서 「사나다마루」와 「LIFE! ~인생에 바치는 콩트~」를 촬영했다. 또 음악 페스티벌에도 참여하느라 계절은 당연하게도 보이지 않았다.

8월의 막바지, 바야흐로 작업도 종반에 접어들어 「사랑」의 가사를 쓰고 있을 때였다. 매니저가 오기 전에 문득 생각이 나서 삼십 분가량 산책을 했다.

여름이 가기 전에 아슬아슬하게 휴가를 즐기려는 듯, 거리는 수많은 사람들로 붐볐다. 낯선 풍경이 보고 싶어서 평소 가지 않던 길목으로 들어가 보았다.

상업 빌딩과 또 다른 빌딩 사이를 비집고 안쪽으로 얼마간 들어가면 돌연 소리가 사라진다. 이백 미터 정도 들어갔을 뿐인데 거리의 소음이 전혀 들리지 않았다. 그곳은 오래된 주택 단지였다.

어렴풋이 주민들의 기척이 느껴졌지만 필시 머지않아 철거되고 새로운 건물이 세워지리라는 분위기가 감돌았다.

외벽이 벗겨진 집과 집 사이에 심긴 나무들은 전혀 관리되어 있지 않았고, 잡초도 들쭉날쭉 자라서 내 가슴께까지 왔다. 단지에 나 있는 각각의 창문들을 보노라니 거의 다 불 꺼진 방이었지만 때때로 이불을 꾸역꾸역 말리는 집도 있었다.

매미가 울었다.

하늘이 파랗고 구름은 하얗다.

바람이 선선하다.

한동안 느끼지 못했던 계절을 불현듯이 느낄 수 있었다.

그 느낌이 내 몸과 가슴속을 몇 번이나 훑고 지나갔다. "이제 곧 여름이 끝나요."라고 옆에서 누군가가 속삭이는 듯하다.

몸의 근육과 머리의 사고가 부드러이 풀린다. 낡아서 너덜너덜해진 자전거, 더 찌그러질 데도 없이 찌그러진 빈 깡통을 바라보면서 터벅터벅 걸었다.

묘하게 좋은 냄새가 난다.

누군가가 점심을 준비한다.

옛날부터 도무지 어디에서 나는지 알 수는 없지만 솔솔 풍기는 밥 냄새가 너무 좋았다. 하지만 단 한 번도 어떤 요리를 만드는지 콕 집어 생각해 본 적은 없었다. 게다가 그걸 확인할 방법도 없으니 언제나 그렇듯이 답답할 따름이다.

양복 상의를 옆구리에 끼고, 셔츠 차림으로 왼손에 가방을 들고 오른손으로는 휴대 전화를 붙들고서 업무에 관해 얘기하는 샐러리맨. 조그만 단지 안에 있는 공원에서 손수 만든 도시락을 펼쳐 놓고 혼자 묵묵히 먹는 여

성. 모터가 달린 자전거[70]를 타고 가는 청년. 이따금 스쳐 지나가는 사람에게는 생활이 있고, 틀림없이 이 장소에는 우리들의 계절이 있다. 상쾌한 기분이란 이런 것인가.

몸에도 이상이 없고 불안한 마음도 없이 가슴의 창문이 열리고, 그 사이로 계절이 지나가는, 통풍이 잘되는 기분. 쓸쓸하고 인사치레로라도 아름답다고는 할 수 없는 단지의 경치가 놀라울 정도로 근사한 풍경이 되었다.

문득 누군가의 손을 잡고 싶어졌다. 키스를 하거나 포옹을 하거나 살을 부비고 싶어졌다. 이럴 때 사랑이 태어나는구나, 라고 생각했다.

시계를 보니 약속 시간이 다가오고 있었다. 서둘러 집으로 돌아갔다. 돌아오는 길에 "분명히 이제 다 잘될 거야."라는 느낌을 받았다.

그날 밤, 줄곧 고민하던 「사랑」의 도입 부분 가사를 쓸 수 있었다.

---

70   原動機付き自転車. 원동기가 달린 자전거.

바삐 일하는 거리가

해 저물면 술렁이고

바람이 실어다 주네

까마귀와 군중을

의미 따위 없어

생활만이 있을 뿐

그저 배가 고파서

너에게로 돌아가는 거야

営みの街が

暮れたら色めき

風たちは運ぶわ

カラスと人々の群れ

意味なんかないさ

暮らしがあるだけ

ただ腹を空かせて

君の元へ帰るんだ

'아라가키 유이'라는 사람

"난 프로 독신이니까."

자신을 타이르듯이 소리 내어 말하고는 나도 모르게 얼굴께로 주먹을 들어 올려 불끈 쥐었다.

"프로 독신?"

문득 옆을 돌아보니 미쿠리 씨도 같은 포즈를 하고 있었다.

감독이 컷을 외치자 옆에 있던 미쿠리 씨가 어느새 아라가키 유이 짱으로 돌아와 있었다.

카메라 리허설이 끝나고, 그저 애드리브로 했던 포즈를 두 사람 다 본방에서도 하게 되었다.

드라마 「도망치는 것은 부끄럽지만 도움이 된다」에서 두 사람의 첫 컷은 이 장면이었다. 계약 결혼을 하기로 결심한, 유이 짱이 연기하는 모리야마 미쿠리(森山みくり)와 내가 연기하는 쓰자키 히라마사(津崎平匡) 두 사람이 미쿠리 부모님에게 결혼 소식을 알리려고 버스를 타러 가는 장면이다.

"내가 말하면 속으로는 그렇게 생각하지 않잖아요, 라고 말해요. 감정이 담겨 있지 않다면서."

"운동은 질색이라 재빠르게 행동하질 못해요."

유이 짱은 곤란한 듯 웃으면서 자신에 대해 이렇게 이야기했다. 하지만 상대 연기에 놀랄 만큼 빠른 속도로 반응하고 애드리브를 되받아치거나 감정의 흐름 안에서 자연스럽게 리액션을 하는 건 아무나 할 수 없는 기술이다. 감정이 풍부하고 섬세하며 주변을 유심히 관찰하는 민감한 사람만이 해낼 수 있는 능력이다.

그녀는 촬영 사이사이 대기하는 시간이면 그저 보통 사람처럼 오도카니 앉아 있다. 이른바 유명 배우가 지니고 있을 법한 '주위를 긴장시키는 위압감'이나 '주변을 신경 쓰게 하는 분위기'가 전혀 없다. 평소 얌전하지만 현장에서 재미있는 에피소드가 생기면 함께 웃고, 또 말을 걸면 싹싹하게 대꾸해 준다. 단, 상대 영역에 침범하는 일은 결코 없다. 중립적인 상태로 그냥 자기 자리에 있다.

정말로 보통 사람이다.

날마다 촬영이 있고, 부부라는 설정상 두 사람만 나오는 장면이 많아서 늘 함께 있는데도 하루에 한 번은 꼭 "이 사람, 정말 멋지다."라고 생각하는 순간이 있다.

어느 날, 내가 배역 때문에 쓰는 안경의 렌즈에 지문이 묻었다. 옷으로 닦으면 안 될 것 같아서 소도구 담당을 찾으려고 고개를 들자 옆에 있던 유이 짱이 이미 소도구 담당을 향해 조그맣게 손짓을 하고 있었다.

놀라서 "고마워요."라고 인사하자 "아니에요."라고 고개를 숙였다. 그녀는 정말로 주변을 잘 관찰한다.

드라마 엔딩으로 흐르는 주제가 「사랑」과 함께 주요 등장인물 다섯 명이 춤추는 장면이 있다. 그들 중에 춤 동작이 가장 많고 어려운 안무를 소화하는 인물도 그녀다.

원래는 「사랑」의 뮤직비디오를 위해 제작한 안무로,

대부분은 일레븐플레이[71]의 댄서 분들이 추었다. 그런데 그 안무를 드라마 엔딩에서도 그대로 추게 되면서 춤이라고는 추어 본 적 없는 출연자들의 고생이 이만저만 아니었다.

둘이서 처음 참가한 춤 연습. 유이 짱은 이미 동작을 다 외워 왔다.

"연습해 왔습니다."라고는 말하지 않았지만, 그저 덤덤히 리허설 스튜디오에 와서 춤추는 모습을 보니 벌써 다 외우고 있었다. 그때까지 그녀가 본 것이라고는 안무가 드문드문, 간헐적으로 나오는 동영상뿐이었고 거기에는 동작에 대한 지시 사항도 뭣도 아무것도 없었다. 쉽지 않은 안무라 굳이 말하지 않더라도 고생했음이 분명했다.

코앞에 닥친 과제를 마주하고 이를 극복한다. 나아가 주변을 유심히 살피고 현장에서 무슨 문제가 생기든 겉으로 전혀 내색하지 않고 남모르게 뒷받침해 준다.

---

71 ELEVENPLAY. 연출 안무가 MIKIKO가 이끄는 안무 구성 업체.

그런 주연 배우는 별로 없다.

배우란 아주 힘든 직업이다. 자신의 생각이 아니라 남이 쓴 대사를 읊는다. 좋아하지도 않는 상대를 사랑하거나 싫어하지도 않는 사람을 상처 입히거나 완전히 낯선 직업을 가진 인물이 되기도 한다. 늘 거짓말을 한다. 인기를 얻으면 주변 사람들이 떠받들어 주면서 누가 주의를 주지도 않는다. 그런 환경 속에서 다른 경쟁 배우들과 밑도 끝도 없는 의자 뺏기 게임을 치열하게 되풀이하지 않으면 안 된다.

그러한 정신 상태로 '보통'의 감각을 지닐 수 있는 사람은 정말로 많지 않다. 인기가 올라가면 올라갈수록 정신이 고립되고 분주함에 비례하여 에고 또한 점점 비대해진다. 안 그러려고 노력해도 방자해지고 주변을 살피지 않게 된다. 현장을 뒷받침할 때는 아무래도 '지원을 해 주고 있다는 감각'이 나온다. 그러다가 주변 사람들에게 눈총을 받는다. 점점 더 보통에서 멀어진다.

십 대 때부터 활약해 온 그녀에게는 틀림없이 상상을 초월하는 여러 가지 일들이 있었으리라. 아마도 처음부

터 지금과 같지는 않았을 터다.

그런 와중에 그녀는 일터에서 성취할 수 있는 성실함을 발견하고, 더 나아가 여타 배우가 좀처럼 도달하지 못한 '보통'이라는 상태를 스스로 손에 넣었다.

나는 칭찬하기를 좋아한다. 다른 사람의 근사한 부분을 발견하면 거짓말은 하나도 보태지 않고, 당신의 이런 점이 놀랍다고 알려 주고 싶어진다. 하지만 그녀는 칭찬받는 게 어색하다고 말했다.

"기쁘지만 너무 남사스러워서."

이제 그만하세요. 그렇게 나에게 주의를 줬다.

그래서 여기에 몰래 글로 칭찬하려고 한다. 부디 그녀가 크랭크 업까지 이 글을 읽지 않기를.

당신은 정말로 근사한 보통 사람이야.

새벽녘

거실에서 베란다 창문을 드르륵 열었다.

먼저 발부리가 어는 듯싶더니, 거기서부터 얼굴까지 빠르게 냉기가 올라온다. 방 안의 따뜻한 공기가 돌풍에 흩날리는 민들레 솜털처럼 밖으로 날아간다. 곁에서 난방 실외기 소리가 들리고, 멀리서는 연비가 나빠 보이는 오토바이 소리가 울린다.

하늘에 별은 보이지 않고, 자세히 보니 희미한 구름이 뒤덮여 있다. 곳곳에 떠 있는 구름 사이로 어두운 하늘이 엿보인다.

좀처럼 인적 없는 거리에는 적막감이 감돈다. 줄지어

늘어선 맨션 창문에는 드문드문 불이 밝혀 있다. 중심가에는 누구를 위해 켜져 있는지 모를 네온사인과 아무도 보지 않는 옥외 광고 게시판이 눈부시게 빛나고 있다.

대낮의 인파가 뿜어내는 혼잡한 소음과 맞먹을 정도의 고요함이 시끄럽게 울린다. 습기와 먼지 등 거치적거리는 장애물이 사라진 메마른 겨울 공기라서 당장 소리치면 멀리까지 닿을 듯하다.

오른손에 들고 있던 스마트폰을 확인한다. 새벽 4시가 지났다.

깊은 밤이 너무 좋다.

다음 날 별일 없으면 대개는 아침 6시쯤 일찌감치 일어난다.

게임을 하는 것도 좋고 영화를 보는 것도 좋다. 아무 음악이나 듣는 것도 좋고, 텔레비전 애니메이션 블루레이를 한꺼번에 보는 것도 좋아한다. 스트리밍 TV를 무작위로 재생해 보는 것도 좋고 동영상 사이트를 줄기차게 들여다보는 것도 좋아한다.

사실 방금 전까지 한 시간쯤 유튜브를 보며 여태껏 본

적 없는 근사한 동영상을 발견했다. 몇 년 뒤 돌이켜 봤을 때, 과연 이 동영상이 내 인생의 방향을 바꾸었구나, 하고 생각할 수 있을 만큼 훌륭했다.

그 영상이 게시된 시기는 오 년 전. 거의 매일 들어가는 사이트인데도 아직 보지 못한 콘텐츠가 아주 많다. 여전히 모르는 것도 엄청 많다. 과거에도 미래에도 나를 설레게 하는 것들이 여전히 수두룩하다.

이런 깊은 밤의 활동이라면 뭘 봐도, 뭘 섭취해도 내 몸에 스며드는 기분이다. 피가 되고 살이 되어 언젠가 내가 되살려 낼 수 있을 것만 같은 느낌이다.

사실 밤이 깊으면 깊을수록, 그 순간 봤던 작품은 기억 속에서 모호해지고 세세한 내용마저 잊어버리고 만다. 솔직히 깊은 밤이라서 좋은 점은 별로 없다. 다만 기억에 속속들이 남지 않아서 몇 번을 다시 봐도 신선한 기분을 누릴 수 있기에 차라리 낫다고 할 수 있을 따름이다. 밤이 깊으면 자잘한 일 따위에는 신경을 쓰지 않는 대범함이 생겨난다.

물론 일하는 것도 좋다.

작사도 작곡도 에세이를 쓰는 일도 아이디어를 다듬는 것도 대사를 외우는 일도 어쩐지 밤이 깊으면 '이 작업은 틀림없이 미래로 이어진다!'라는 묘한 예감과 함께 몰두할 수 있다. 실제로는 낮이든 밤이든 아침이든 제작 속도는 일정하다. 할 수 있을 때는 하고, 할 수 없을 때는 하지 못한다. 다만 기분 좋게 작업할 수 있다. 그뿐이다.

예컨대 바나 술집에서 사람들과 대화를 할 때, 밤이 깊으면 깊을수록 좋은 얘기를 나누었다고 여기게 된다. 듣는 것뿐 아니라 내가 말로 잘 풀어내지 못했던 생각도 수월하게 표현할 수 있고, 상대에게 잘 전했다고 뿌듯해한다.

피곤해서 머리가 멍한데도 술자리는 계속되고 꾸벅꾸벅 졸고 있으면 문득 졸음의 고비를 뛰어넘는 순간이 찾아온다. 그러면 그때까지 언제 졸았나 할 정도로 기운이 난다. 즐거운 대화가 피어나고, 내 일생을 좌우할 만한 이야기가 오가기도 한다.

늦은 밤부터 아침까지 통화하는 것도 좋다. 전파가 공기 맑은 밤을 전해 준다. 상대에게 마음이 더 잘 전해지고 이쪽에서도 잘 전해 받는 느낌이다. 대화가 막혀서 말 없이 가만히 있어도 뭔가 이어져 있는 듯하다.

어린 시절부터 자주 밤을 새곤 했다. 부모님이 다 잠들어 고요해지면 창문을 열고 아무도 없는 거리를 느낀다. 왠지 영문을 알 수 없는 확신과 함께 나처럼 고요하기 짝이 없는 세상을 바라보는 사람이 어딘가에 또 있지 않을까, 하고 생각했다.

그 무렵 내가 자주 하던 망상은, 커다란 무대에서 노래하며 활발히 춤추는 나의 모습이었다. 그 꿈을 드러내 보이고 싶다는 생각은 눈곱만큼도 하지 않았다. 당시의 나와는 너무나도 동떨어진 상상이라 진심인지 아닌지 고민하거나 애써 지우려고 시도하지도 않았다. 그러기는커녕 특별히 마음에 담아 두지도 않았다.

그러한 상상이나 예감이 맞든 틀리든 현실을 변화시키고 미래를 만드는 힘이 될 수 있다. 상상력(imagination)과 나르시시즘(narcissism)은 다르다. 내가 어렸을 적에는 없던 말인데, 누가 '눈치 없다'고 타박을 하고 '중2병'이라

고 무시를 해도, 그런 시시한 말에 지지 말고 자꾸만 망상을 해야 한다. 현실을 창조하는 근원은 대부분 상상력이니까.

춥다. 베란다에서 황혼을 바라보는 데도 한계가 있다.

모두가 잠들어 고요한 거리를 바라보면서 역시 깊은 밤이 좋다고 실감한다. 그 이유가 뭘까 생각을 하다가 어슴푸레하게 붉어진 동쪽 하늘을 보니 문득 가슴이 후련해진다. 이제야 그 이유를 알 것 같다.

아침이 오기 때문이다.

혼자가 아니라는 것

「도망치는 것은 부끄럽지만 도움이 된다」의 녹화가 흥미로운 전개와 함께 중후반에 접어들었다.

오늘은 전철 안에서 촬영이 있었다. 먼저 지방에 내려가서 촬영장과 가장 가까운 호텔에 묵었다. 전날 밤부터 가랑비가 내렸다. 다행히 당일에 비가 그쳤지만 날은 흐렸다.

촬영에 쓰이는 차량은 스태프와 연기자, 엑스트라 이외에는 아무도 없는 전세 열차였다. 하지만 실제로 운행되는 열차들 사이에 편성되었기에 앞뒤로 달리는 열차들과 부딪치지 않으려면 본래 시간표대로 움직여야 했다.

누군가가 화장실에 가서 늦게 타거나 하면 촬영이 무산됨은 물론 열차 운행을 중단해야 하고, 철도 회사와 그날 이용객 전원에게 엄청난 폐를 끼치게 된다.

열차가 달리는 장면을 촬영할 때는, 역과 역 사이의 짧은 운행 시간 동안 한 장면을 다 촬영하지 않으면 안 된다. 그 짧은 시간에 맞춰 촬영한 컷이 쓰이게 되므로, 테이크가 그리 많지 않은 까닭에 집중력이 저절로 높아진다.

집중이 잘되는 날에는 촬영 중인 열차 안에 내가 연기하는 쓰자키 히라마사와 유이 짱이 연기하는 모리야마 미쿠리 두 사람밖에 없다는 착각이 들다가도 일단 컷 사인이 떨어지면 여태까지 지워져 보이지 않던 현실 속의 스태프와 눈앞의 카메라가 불쑥 모습을 드러낸다.

불현듯이 생각한다.

내 주변에는 많은 사람들이 있구나.

매일 몇 번씩 촬영하는데도 컷 사인이 나올 때마다 이렇게 많은 사람들이 있었구나, 하고 매번 기묘한 기분에 사로잡힌다.

스태프와 연기자, 각자가 농담을 주고받으며 언제든

누구나 웃음을 잃지 않으면서 가혹한 촬영 스케줄을 견디고 열심히 허구를 만들어 낸다. 내 '근접' 촬영 때는 당연하게도 스태프 전원이 나를 찍기 위해서 진지하게 일을 한다. 어쩐지 분에 넘치는 대접을 받는 듯한 기분이다. 문득 올려다본 차창의 풍경은 흐렸지만 마음만은 밝았다.

'혼자가 아니다.'라고 느끼는 순간이 있다.

그렇게 느낄 수 있어서 기쁘다.

십 대부터 이십 대에 걸쳐 늘 '외톨이'라고 생각했다. 그때마다 슬픔에 빠져서 나를 둘러싼 주변의 수많은 사람들을 보지 못하고 잔뜩 꼬여 있었다. 현실을 외면하고 몹쓸 이상만을 내세우며 행복을 느끼지 못하도록 자신을 몰아붙였다.

"행복해지면 좋은 표현(창작)을 할 수 없어." 하면서 인간성과 재능에 자신 없는 나를 정당화하고자 변명으로 점철된 한심한 이론을 내세웠다. 싫어할 필요가 없는데도 싫어하고 좋아하지 않는데도 좋아한다고 말하며 남들과 다르다는 사실을 보여 주려고 애썼다.

있는 그대로의 나를 인정하지 못하고 꾸미지 않고는 못 배겼다. 누군가에게 무시당하기 전에 자기가 먼저 깎아내리고 "알고 있다고요."라며 상처받지 않게 미리 연막을 쳤다. 한심하다. 저런 태도로 살면 실제로 그보다 행복한 인생이 없더라도 평생 행복을 느끼지 못할 텐데.

지금은 그런 생각을 전혀 하지 않는다.

행복하면서도 더 갈구할 수 있는 사람이야말로 진짜다. 내 마음을 속이지 않고도 좋고 싫음을 느낄 수 있게 되었다. 싫어하는 것은 되도록 마음속에만 담아 두고 가급적 입 밖으로 내지 않는다. 누군가에게 무시당하면 "그렇습니까?"라고 웃으면서 속으로는 남들처럼 평범하게 상처받는다.

그게 정상이다, 인간은 이러해야 한다고 말할 생각은 없다. 내 성격과 환경을 볼 때, 이런 상태가 가장 살기 편하다. 이렇게 살아야 인생을 가장 즐겁게 누릴 수 있기에 그러는 것뿐이다. 삶의 해답은 전 세계에 사는 사람의 수만큼 있다고 생각한다.

나는 혼자가 아니다. 하지만 쭉 혼자였다. 언제부터인

가 혼자라는 사실이 대전제가 되었고, 특별히 의식하지도 않게 되었다.

그러자 누군가가 손을 내밀어 주었을 때, 다정하게 대해 주었을 때, 조언을 해 주었을 때, 곁에 있어 주었을 때, 혼자가 아니라고 느꼈을 때의 기억만이 늘어나게 되었다. 이제는 인생에서 혼자가 아닌 순간을 중심으로 클로즈업해 볼 수 있게 되었다.

생명의 차창은 여러 방향에 있다. 현실은 하나지만 어느 창문으로 세계를 보느냐에 따라 생명의 행선지도 달라진다.

더 좋은 방향을 바라보자, 라는 말은 설교처럼 들리지만 그런 태도를 꾸준히 유지하기란 쉽지 않다. 긍정적으로 살기란 정말로 어렵다.

예상도 못 했던 즐겁고 기분 좋은 종착역에 다다를 수 있도록 더 좋은 창문을 들여다보고 싶다. 이것은 현실 도피가 아니라 현실을 현실적으로 헤쳐 나가기 위한 아이디어와 지혜다.

전철이 움직이기 시작하고 "하나, 둘, 출발!" 하는 구

령 소리가 난다. 차창을 보니 흐린 하늘 저 멀리, 구름 사이가 뻐끔히 비어 있다.

클로즈업한 내 눈 속으로 잘못 봤나 싶을 만큼 푸른 하늘이 비쳤다.

이후로 맑음.

맺음말

　『생명의 차창에서』 1권을 읽어 주신 여러분께 감사드립니다.

　이 책을 내며 새로 쓴 「문장」에서 벌써 이야기했습니다만, 결점을 극복하기 위해 무리해서 글을 쓰기 시작했는데 감사하게도 지금까지 계속할 수 있었고 세월을 거듭할수록 더 즐거워졌습니다.

　일상의 잡다한 일을 묘사하거나 좋아하는 사람에 대해 쓰는 일은 아주 재미있습니다. 예전에는 뭔가 이상하다고 느끼거나 하고 싶은 말이 있으면 그걸 어떻게든 전하고 싶어서 필사적이었지만 이제는 특별히 하고 싶은 말이 없습니다. 눈 안쪽에 펼쳐진 풍경의 잔상과 내 마음의 움직임을 될 수 있는 한, 있는 그대로 글로 써낼 수 있다면 그보다 기분 좋은 일은 없으리라 생각합니다.

십 년 정도 꾸준히 에세이를 쓰면서 깨달은 바는 문장 전문가란 무엇이든 있는 그대로 글로 풀어낼 수 있는 사람이 아닐까, 하는 점입니다.

인간에게는 전달 욕구가 있으며 그 안에는 다양한 요소가 포함되어 있습니다. 특히 문장을 구사할 때는 "이걸 전달함으로써 이런 사람으로 보이고 싶다." 하는 자기 인정 욕구에서 기인한 에고와 나르시시즘의 과잉이 일어나기 쉽고, 음악도 그러하지만 표현과 타인에게 전하고 싶다는 바람에는 늘 불순물이 따릅니다. 그것과 싸우며 한도 끝도 없이 덜어 내는 작업이야말로 아마추어에게는 특히 어려우며, 프로 중의 프로만이 할 수 있는 일이라고, 다양한 책을 읽은 지금에야 겨우 깨닫게 되었습니다.

작가 경력과 관계없이 문장력을, 자신의 욕망을 발산하기 위해서가 아니라 에고와 나르시시즘을 없애기 위해 사용하는 사람. 그것이 내가 생각하는 '글을 잘 쓰는 사람'입니다.

이 에세이는 계속 연재할 생각입니다. 미래가 어떻게 될지는 모르지만 평생 글을 쓸 것 같은 예감도 듭니다. 느긋하게, 꾸준히 글을 쓰면서 조금이라도 '불순물을 걸러 낼 수 있는' 작가에 다가갈 수 있다면 좋겠습니다.

이 책은 정말 멋진 스태프 여러분 덕에 완성되었습니다.

일러스트를 그려 준 스시오(すしお) 씨, 장정을 맡아 준 요시다 유니(吉田ユニ) 짱, 본문 디자인을 부탁드린 미야코 미치요(宮古美智代) 씨, 띠지 사진을 찍어 준 이소베 아키코(磯部昭子) 씨, 스타일링을 해 준 테페이(TEPPEI) 군, 메이크업을 해 준 다카쿠사기 쓰요시(高草木剛) 씨, 그리고 잡지 연재와 책을 기획한 편집 담당자 무라이 유키코(村井有紀子) 씨. 여러분 정말로 고생하셨습니다.

그러면 다시 연재로. 아니면 다음 책에서 만납시다.

생명의 차창에서

1판 1쇄 펴냄   2020년 3월 27일
1판 5쇄 펴냄   2024년 8월 30일

지은이   호시노 겐
옮긴이   전경아
발행인   박근섭, 박상준
펴낸곳   (주)민음사

출판등록   1966. 5. 19. (제16-490호)
주소   서울시 강남구 도산대로1길 62
          강남출판문화센터 5층 (06027)
대표전화   02-515-2000 팩시밀리 02-515-2007
www.minumsa.com

ISBN   978-89-374-9098-9 (03830)

* 잘못 만들어진 책은 구입처에서 교환해 드립니다.